Trois chroniques scandaleuses

Trois chroniques scandaleuses

Balzac, *L'Élixir de longue vie*
Stendhal, *Les Cenci*
Maupassant, *Un parricide*

Librio

L'Élixir de longue vie

Balzac

Dans un somptueux palais de Ferrare, par une soirée d'hiver, don Juan Belvidéro régalait un prince de la maison d'Este. À cette époque, une fête était un merveilleux spectacle que de royales richesses ou la puissance d'un seigneur pouvaient seules ordonner. Assises autour d'une table éclairée par des bougies parfumées, sept joyeuses femmes échangeaient de doux propos, parmi d'admirables chefs-d'œuvre dont les marbres blancs se détachaient sur des parois en stuc rouge et contrastaient avec de riches tapis de Turquie. Vêtues de satin, étincelantes d'or et chargées de pierreries qui brillaient moins que leurs yeux, toutes racontaient des passions énergiques, mais diverses comme l'étaient leurs beautés. Elles ne différaient ni par les mots ni par les idées; l'air, un regard, quelques gestes ou l'accent servaient à leurs paroles de commentaires libertins, lascifs, mélancoliques ou goguenards.

L'une semblait dire: «Ma beauté sait réchauffer le cœur glacé des vieillards.»

L'autre: «J'aime à rester couchée sur des coussins, pour penser avec ivresse à ceux qui m'adorent.»

Une troisième, novice de ces fêtes, voulait rougir: «Au fond du cœur je sens un remords! disait-elle. Je suis catholique et j'ai peur de l'enfer. Mais je vous aime tant, oh! tant et tant, que je puis vous sacrifier l'éternité.»

La quatrième, vidant une coupe de vin de Chio, s'écriait: «Vive la gaieté! Je prends une existence nouvelle à chaque aurore! Oublieuse du passé, ivre encore des assauts de la veille, tous les soirs j'épuise une vie de bonheur, une vie pleine d'amour!»

La femme assise auprès de Belvidéro le regardait d'un œil enflammé. Elle était silencieuse. «Je ne m'en remettrais pas à des *bravi* pour tuer mon amant, s'il m'abandonnait!» Puis elle avait ri; mais sa main convulsive brisait un drageoir d'or miraculeusement sculpté.

« Quand seras-tu grand-duc ? » demanda la sixième au prince avec une expression de joie meurtrière dans les dents, et du délire bachique dans les yeux.

« Et toi, quand ton père mourra-t-il ? » dit la septième en riant, en jetant son bouquet à don Juan par un geste enivrant de folâtrerie. C'était une innocente jeune fille accoutumée à jouer avec toutes les choses sacrées.

« Ah ! ne m'en parlez pas, s'écria le jeune et beau don Juan Belvidéro, il n'y a qu'un père éternel dans le monde, et le malheur veut que je l'aie ! »

Les sept courtisanes de Ferrare, les amis de don Juan et le prince lui-même jetèrent un cri d'horreur. Deux cents ans après et sous Louis XV, les gens de bon goût eussent ri de cette saillie. Mais peut-être aussi, dans le commencement d'une orgie, les âmes avaient-elles encore trop de lucidité ? Malgré le feu des bougies, le cri des passions, l'aspect des vases d'or et d'argent, la fumée des vins, malgré la contemplation des femmes les plus ravissantes, peut-être y avait-il encore, au fond des cœurs, un peu de cette vergogne pour les choses humaines et divines qui lutte jusqu'à ce que l'orgie l'ait noyée dans les derniers flots d'un vin pétillant ? Déjà néanmoins les fleurs avaient été froissées, les yeux s'hébétaient, et l'ivresse gagnait, selon l'expression de Rabelais, jusqu'aux sandales. En ce moment de silence, une porte s'ouvrit ; et, comme au festin de Balthazar, Dieu se fit reconnaître, il apparut sous les traits d'un vieux domestique en cheveux blancs, à la démarche tremblante, aux sourcils contractés ; il entra d'un air triste, flétrit d'un regard les couronnes, les coupes de vermeil, les pyramides de fruits, l'éclat de la fête, la pourpre des visages étonnés et les couleurs des coussins foulés par le bras blanc des femmes ; enfin, il mit un crêpe à cette folie en disant ces sombres paroles d'une voix creuse : « Monsieur, votre père se meurt. »

Don Juan se leva en faisant à ses hôtes un geste qui peut se traduire par : « Excusez-moi, ceci n'arrive pas tous les jours. »

La mort d'un père ne surprend-elle pas souvent les jeunes gens au milieu des splendeurs de la vie, au sein des folles idées d'une orgie ? La mort est aussi soudaine dans ses caprices qu'une courtisane l'est dans ses dédains; mais plus fidèle, elle n'a jamais trompé personne.

Quand don Juan eut fermé la porte de la salle et qu'il marcha dans une longue galerie froide autant qu'obscure, il s'efforça de prendre une contenance de théâtre; car, en songeant à son rôle de fils, il avait jeté sa joie avec sa serviette. La nuit était noire. Le silencieux serviteur qui conduisait le jeune homme vers une chambre mortuaire éclairait assez mal son maître, en sorte que la mort, aidée par le froid, le silence, l'obscurité, par une réaction d'ivresse, peut-être, put glisser quelques réflexions dans l'âme de ce dissipateur, il interrogea sa vie et devint pensif comme un homme en procès qui s'achemine au tribunal.

Bartholoméo Belvidéro, père de don Juan, était un vieillard nonagénaire qui avait passé la majeure partie de sa vie dans les combinaisons du commerce. Ayant traversé souvent les talismaniques contrées de l'Orient, il y avait acquis d'immenses richesses et des connaissances plus précieuses, disait-il, que l'or et les diamants, desquels alors il ne se souciait plus guère. «Je préfère une dent à un rubis, et le pouvoir au savoir», s'écriait-il parfois en souriant. Ce bon père aimait à entendre don Juan lui raconter une étourderie de jeunesse, et disait d'un ton goguenard, en lui prodiguant l'or: «Mon cher enfant, ne fais que les sottises qui t'amuseront.» C'était le seul vieillard qui éprouvât du plaisir à voir un jeune homme, l'amour paternel trompait sa caducité par la contemplation d'une si brillante vie. À l'âge de soixante ans, Belvidéro s'était épris d'un ange de paix et de beauté.

Don Juan avait été le seul fruit de cette tardive et passagère amour. Depuis quinze années, le bonhomme déplorait la perte de sa chère Juana. Ses nombreux serviteurs et son fils attribuaient à cette douleur de vieillard les habitudes singulières qu'il avait contractées. Réfugié dans l'aile la plus incommode de son palais, Bartholoméo n'en sortait que très rarement, et don Juan lui-même ne pouvait pénétrer dans l'appartement de son père sans en avoir obtenu la permission. Si ce volontaire anachorète allait et venait dans le palais ou par les rues de Ferrare, il semblait chercher une chose qui lui manquait; il marchait tout rêveur, indécis, préoccupé comme un homme en guerre avec une idée ou avec un souvenir. Pendant que le jeune homme donnait des fêtes somptueuses et que le palais retentissait des éclats de sa joie, que les chevaux piaffaient dans les cours, que les pages se disputaient en jouant aux dés sur les degrés, Bartholoméo mangeait sept onces de pain par jour et buvait de l'eau. S'il lui fallait un peu de volaille, c'était pour en donner les os à un barbet noir, son compagnon fidèle. Il ne se plaignait jamais du bruit. Durant sa maladie, si le son du cor et les aboiements des chiens le surprenaient dans son sommeil, il se contentait de dire : « Ah ! c'est don Juan qui rentre ! » Jamais sur cette terre un père si commode et si indulgent ne s'était rencontré ; aussi le jeune Belvidéro, accoutumé à le traiter sans cérémonie, avait-il tous les défauts des enfants gâtés ; il vivait avec Bartholoméo comme vit une capricieuse courtisane avec un vieil amant, faisant excuser une impertinence par un sourire, vendant sa belle humeur, et se laissant aimer. En reconstruisant, par une pensée, le tableau de ses jeunes années, don Juan s'aperçut qu'il lui serait difficile de trouver la bonté de son père en faute. En entendant, au fond de son cœur, naître un remords, au moment où il traversait la galerie, il se sentit près de pardonner à Belvidéro d'avoir si longtemps vécu. Il revenait à des sentiments de piété filiale, comme un voleur devient honnête homme par la jouissance possible d'un million, bien dérobé. Bientôt le jeune homme franchit les hautes et froides salles qui composaient l'appartement de son père. Après avoir éprouvé les effets d'une atmosphère humide, respiré l'air épais, l'odeur rance qui s'exhalaient de vieilles tapisseries et d'armoires couvertes de poussière, il se trouva dans la chambre antique du vieillard, devant un lit nauséabond, auprès d'un foyer presque éteint. Une lampe, posée sur une table de forme gothique, jetait, par intervalles inégaux, des nappes de lumière plus ou moins forte sur le lit, et montrait ainsi la figure du vieillard sous des aspects toujours différents. Le froid sifflait à travers les fenêtres mal fermées ; et la neige, en fouettant sur les vitraux, produisait un bruit sourd. Cette scène formait un contraste si heurté avec la scène que don Juan venait d'abandonner qu'il ne put s'empêcher de tressaillir. Puis il eut froid, quand, en approchant du lit, une assez violente rafale de lueur, poussée par une bouffée de vent, illumina la tête de son père : les traits en étaient décomposés, la peau collée fortement sur les os avait des teintes verdâtres que la blancheur de l'oreiller, sur lequel le vieillard reposait, rendait encore plus horribles; contractée par la douleur, la bouche entrouverte et dénuée de dents laissait passer quelques soupirs dont l'énergie lugubre était soutenue par les hurlements de la tempête. Malgré ces signes de destruction, il éclatait sur cette tête un caractère incroyable de puissance. Un esprit supérieur y combattait la mort. Les yeux, creusés par la maladie, gardaient une fixité singulière. Il semblait que Bartholoméo cherchât à tuer, par son regard de mourant, un ennemi assis au pied de son lit. Ce regard, fixe et froid, était d'autant plus effrayant que la tête restait dans une immobilité semblable à celle des crânes posés sur une table chez les médecins. Le corps entièrement dessiné par les draps du lit annonçait que les membres du vieillard gardaient la même roideur. Tout était mort, moins les yeux. Les sons qui sortaient de la bouche avaient enfin quelque chose de mécanique. Don Juan éprouva une certaine honte d'arriver auprès du lit de son père mourant en gardant un bouquet de courtisane dans son sein, en y apportant les parfums d'une fête et les senteurs du vin.

« Tu t'amusais ! » s'écria le vieillard en apercevant son fils.

Au même moment, la voix pure et légère d'une cantatrice qui enchantait les convives, fortifiée par les accords de la viole sur laquelle elle s'accompagnait, domina le râle de l'ouragan, et retentit jusque dans cette chambre funèbre. Don Juan voulut ne rien entendre de cette sauvage affirmation donnée à son père.

Bartholoméo dit : « Je ne t'en veux pas, mon enfant. »

Ce mot plein de douceur fit mal à don Juan, qui ne pardonna pas à son père cette poignante bonté.

« Quel remords pour moi, mon père ! lui dit-il hypocritement.

— Pauvre Juanino, reprit le mourant d'une voix sourde, j'ai toujours été si doux pour toi que tu ne saurais désirer ma mort ?

— Oh ! s'écria don Juan, s'il était possible de vous rendre la vie en donnant une partie de la mienne ! » (Ces choses-là peuvent toujours se dire, pensait le dissipateur, c'est comme si j'offrais le monde à ma maîtresse !) À peine sa pensée était-elle achevée, que le vieux barbet aboya. Cette voix intelligente fit frémir don Juan, il crut avoir été compris par le chien.

« Je savais bien, mon fils, que je pouvais compter sur toi,

s'écria le moribond. Je vivrai. Va, tu seras content. Je vivrai, mais sans enlever un seul des jours qui t'appartiennent. »

« Il a le délire », se dit don Juan. Puis il ajouta tout haut : « Oui, mon père chéri, vous vivrez, certes, autant que moi, car votre image sera sans cesse dans mon cœur.

— Il ne s'agit pas de cette vie-là », dit le vieux seigneur en rassemblant ses forces pour se dresser sur son séant, car il fut ému par un de ces soupçons qui ne naissent que sous le chevet des mourants. « Écoute, mon fils, reprit-il d'une voix affaiblie par ce dernier effort, je n'ai pas plus envie de mourir que tu ne veux te passer de maîtresses, de vin, de chevaux, de faucons, de chiens et d'or ».

« Je le crois bien », pensa encore le fils en s'agenouillant au chevet du lit et en baisant une des mains cadavéreuses de Bartholoméo. « Mais, reprit-il à haute voix, mon père, mon cher père, il faut se soumettre à la volonté de Dieu.

— Dieu, c'est moi, reprit le vieillard en grommelant.

— Ne blasphémez pas, s'écria le jeune homme en voyant l'air menaçant que prirent les traits de son père. Gardez-vous-en bien, vous avez reçu l'extrême-onction, et je ne me consolerais pas de vous voir mourir en état de péché.

— Veux-tu m'écouter ! » s'écria le mourant dont la bouche grinça.

Don Juan se tut. Un horrible silence régna. À travers les sifflements lourds de la neige, les accords de la viole et la voix délicieuse arrivèrent encore, faibles comme un jour naissant. Le moribond sourit.

« Je te remercie d'avoir invité des cantatrices, d'avoir amené de la musique ! Une fête, des femmes jeunes et belles, blanches, à cheveux noirs ! tous les plaisirs de la vie, fais-les rester, je vais renaître.

— Le délire est à son comble, dit don Juan.

— J'ai découvert un moyen de ressusciter. Tiens ! Cherche dans le tiroir de la table, tu l'ouvriras en pressant un ressort caché par le griffon.

— J'y suis, mon père.

— Là, bien, prends un petit flacon de cristal de roche.

— Le voici.

— J'ai employé vingt ans à… » En ce moment, le vieillard

sentit approcher sa fin, et rassembla toute son énergie pour dire: «Aussitôt que j'aurai rendu le dernier soupir, tu me frotteras tout entier de cette eau, je renaîtrai.

— Il y en a bien peu», répliqua le jeune homme.

Si Bartholoméo ne pouvait plus parler, il avait encore la faculté d'entendre et de voir; sur ce mot, sa tête se tourna vers don Juan par un mouvement d'une effrayante brusquerie, son cou resta tordu comme celui d'une statue de marbre que la pensée du sculpteur a condamnée à regarder de côté, ses yeux agrandis contractèrent une hideuse immobilité. Il était mort, mort en perdant sa seule, sa dernière illusion. En cherchant un asile dans le cœur de son fils, il y trouvait une tombe plus creuse que les hommes ne la font d'habitude à leurs morts. Aussi ses cheveux furent-ils éparpillés par l'horreur, et son regard convulsé parlait-il encore. C'était un père se levant avec rage de son sépulcre pour demander vengeance à Dieu!

«Tiens! le bonhomme est fini», s'écria don Juan.

Empressé de présenter le mystérieux cristal à la lueur de la lampe, comme un buveur consulte sa bouteille à la fin d'un repas, il n'avait pas vu blanchir l'œil de son père. Le chien béant contemplait alternativement son maître mort et l'élixir, de même que don Juan regardait tour à tour son père et la fiole. La lampe jetait des flammes ondoyantes. Le silence était profond, la viole muette. Belvidéro tressaillit en croyant voir son père se remuer. Intimidé par l'expression roide de ses yeux accusateurs, il les ferma, comme il aurait poussé une persienne battue par le vent pendant une nuit d'automne. Il se tint debout, immobile, perdu dans un monde de pensées. Tout à coup un bruit aigre, semblable au cri d'un ressort rouillé, rompit ce silence. Don Juan, surpris, faillit laisser tomber le flacon. Une sueur, plus froide que ne l'est l'acier d'un poignard, sortit de ses pores. Un coq de bois peint surgit au-dessus d'une horloge et chanta trois fois. C'était une de ces ingénieuses machines à l'aide desquelles les savants de cette époque se faisaient éveiller à l'heure fixée pour leurs travaux. L'aube rougissait déjà les croisées. Don Juan avait passé dix heures à réfléchir. La vieille horloge était plus fidèle à son service qu'il ne l'était dans l'accomplissement de ses devoirs envers Bartholoméo. Ce mécanisme se composait de bois, de poulies, de cordes, de rouages, tandis que lui, avait ce mécanisme particulier à l'homme, et nommé un cœur. Pour ne plus s'exposer à perdre la mystérieuse liqueur, le sceptique don Juan la replaça dans le tiroir de la petite table gothique. En ce moment solennel, il entendit dans les galeries un tumulte sourd: c'était des voix confuses, des rires étouffés, des pas légers, les froissements de la soie, enfin le bruit d'une troupe joyeuse qui tâche de se recueillir. La porte s'ouvrit, et le prince, les amis de don Juan, les sept courtisanes, les cantatrices apparurent dans le désordre bizarre où se trouvent des danseuses surprises par les lueurs du matin, quand le soleil lutte avec les feux pâlissants des bougies. Ils arrivaient tous pour donner au jeune héritier les consolations d'usage.

«Oh! oh! le pauvre don Juan aurait-il donc pris cette mort au sérieux, dit le prince à l'oreille de la Brambilla.

— Mais son père était un bien bon homme», répondit-elle.

Cependant les méditations nocturnes de don Juan avaient imprimé à ses traits une expression si frappante qu'elle imposa silence à ce groupe. Les hommes restèrent immobiles. Les femmes, dont les lèvres étaient séchées par le vin, dont les joues avaient été marbrées par des baisers, s'agenouillèrent et se mirent à prier. Don Juan ne put s'empêcher de tressaillir en voyant les splendeurs, les joies, les rires, les chants, la jeunesse, la beauté, le pouvoir, toute la vie personnifiée se prosternant ainsi devant la mort. Mais, dans cette adorable Italie, la débauche et la religion s'accouplaient alors si bien que la religion y était une débauche et la débauche une religion! Le prince serra affectueusement la main de don Juan; puis, toutes les figures ayant formulé simultanément une même grimace mi-partie de tristesse et d'indifférence, cette fantasmagorie disparut, laissant la salle vide. C'était bien une image de la vie! En descendant les escaliers, le prince dit à la Rivabarella: «Hein! qui aurait cru don Juan un fanfaron d'impiété? Il aime son père!

— Avez-vous remarqué le chien noir? demanda la Brambilla.

— Le voilà immensément riche, repartit en soupirant la Bianca Cavatolino.

— Que m'importe! s'écria la fière Varonèse, celle qui avait brisé le drageoir.

— Comment, que t'importe? s'écria le duc. Avec ses écus il est aussi prince que moi.»

D'abord don Juan, balancé par mille pensées, flotta entre plusieurs partis. Après avoir pris conseil du trésor amassé par son père, il revint, sur le soir, dans la chambre mortuaire, l'âme grosse d'un effroyable égoïsme. Il trouva dans l'appartement tous les gens de sa maison occupés à rassembler les ornements du lit de parade sur lequel *feu monseigneur* allait être exposé le lendemain, au milieu d'une superbe chambre ardente, curieux spectacle que tout Ferrare devait venir admirer. Don Juan fit un signe, et ses gens s'arrêtèrent tous, interdits, tremblants.

« Laissez-moi seul ici, dit-il d'une voix altérée, vous n'y rentrerez qu'au moment où j'en sortirai. »

Quand les pas du vieux serviteur qui s'en allait le dernier ne retentirent plus que faiblement sur les dalles, don Juan ferma précipitamment la porte, et, sûr d'être seul, il s'écria: « Essayons ! »

Le corps de Bartholoméo était couché sur une longue table. Pour dérober à tous les yeux le hideux spectacle d'un cadavre qu'une extrême décrépitude et la maigreur rendaient semblable à un squelette, les embaumeurs avaient posé sur le corps un drap qui l'enveloppait, moins la tête. Cette espèce de momie gisait au milieu de la chambre ; et le drap, naturellement souple, en dessinait vaguement les formes, mais aiguës, roides et grêles. Le visage était déjà marqué de larges taches violettes qui indiquaient la nécessité d'achever l'embaumement. Malgré le scepticisme dont il était armé, don Juan trembla en débouchant la magique fiole de cristal. Quand il arriva près de la tête, il fut même contraint d'attendre un moment, tant il frissonnait. Mais ce jeune homme avait été, de bonne heure, savamment corrompu par les mœurs d'une cour dissolue ; une réflexion digne du duc d'Urbin vint donc lui donner un courage qu'aiguillonnait un vif sentiment de curiosité, il semblait même que le démon lui eût soufflé ces mots qui résonnèrent dans son cœur: *Imbibe un œil !* Il prit un linge, et, après l'avoir parcimonieusement mouillé dans la précieuse liqueur, il le passa légèrement sur la paupière droite du cadavre. L'œil s'ouvrit.

« Ah ! ah ! » dit don Juan en pressant le flacon dans sa main comme nous serrons en rêvant la branche à laquelle nous sommes suspendus au-dessus d'un précipice.

Il voyait un œil plein de vie, un œil d'enfant dans une tête de mort, la lumière y tremblait au milieu d'un jeune fluide; et, protégée par de beaux cils noirs, elle scintillait pareille à ces lueurs uniques que le voyageur aperçoit dans une campagne déserte, par les soirs d'hiver. Cet œil flamboyant paraissait vouloir s'élancer sur don Juan, et il pensait, accusait, condamnait, menaçait, jugeait, parlait, il criait, il mordait. Toutes les passions humaines s'y agitaient. C'étaient les supplications les plus tendres; une colère de roi, puis l'amour d'une jeune fille demandant grâce à ses bourreaux; enfin le regard profond que jette un homme sur les hommes en gravissant la dernière marche de l'échafaud. Il éclatait tant de vie dans ce fragment de vie, que don Juan épouvanté recula, il se promena par la chambre, sans oser regarder cet œil, qu'il renvoyait sur les planchers, sur les tapisseries. La chambre était parsemée de pointes pleines de feu, de vie, d'intelligence. Partout brillaient des yeux qui aboyaient après lui!

« Il aurait bien revécu cent ans », s'écria-t-il involontairement au moment où, ramené devant son père par une influence diabolique, il contemplait cette étincelle lumineuse.

Tout à coup la paupière intelligente se ferma et se rouvrit brusquement, comme celle d'une femme qui consent. Une voix eût crié : « Oui ! » don Juan n'aurait pas été plus effrayé.

« Que faire ? » pensa-t-il. Il eut le courage d'essayer de clore cette paupière blanche. Ses efforts furent inutiles.

« Le crever ? Ce sera peut-être un parricide ? se demanda-t-il.

— Oui, dit l'œil par un clignotement d'une étonnante ironie.

— Ha ! ha ! s'écria don Juan, il y a de la sorcellerie là-dedans. » Et il s'approcha de l'œil pour l'écraser. Une grosse larme roula sur les joues creuses du cadavre, et tomba sur la main de Belvidéro.

« Elle est brûlante », s'écria-t-il en s'asseyant.

Cette lutte l'avait fatigué comme s'il avait combattu, à l'exemple de Jacob, contre un ange.

Enfin il se leva en se disant : « Pourvu qu'il n'y ait pas de sang ! » Puis, rassemblant tout ce qu'il faut de courage pour être lâche, il écrasa l'œil, en le foulant avec un linge, mais sans le regarder. Un gémissement inattendu, mais terrible, se fit entendre. Le pauvre barbet expirait en hurlant.

« Serait-il dans le secret ? » se demanda don Juan en regardant le fidèle animal.

Don Juan Belvidéro passa pour un fils pieux. Il éleva un monument de marbre blanc sur la tombe de son père, et en confia l'exécution des figures aux plus célèbres artistes du temps. Il ne fut parfaitement tranquille que le jour où la statue paternelle, agenouillée devant la Religion, imposa son poids énorme sur cette fosse, au fond de laquelle il enterra le seul remords qui ait effleuré son cœur dans les moments de lassitude physique. En inventoriant les immenses richesses amassées par le vieil orientaliste, don Juan devint avare, n'avait-il pas deux vies humaines à pourvoir d'argent ? Son regard profondément scrutateur pénétra dans le principe de la vie sociale, et embrassa d'autant mieux le monde qu'il le voyait à travers un tombeau. Il analysa les hommes et les choses pour en finir d'une seule fois avec le Passé, représenté par l'Histoire ; avec le Présent, configuré par la Loi ; avec l'Avenir, dévoilé par les Religions. Il prit l'âme et la matière, les jeta dans un creuset, n'y trouva rien, et dès lors il devint DON JUAN !

Maître des illusions de la vie, il s'élança, jeune et beau, dans la vie, méprisant le monde, mais s'emparant du monde. Son bonheur ne pouvait pas être cette félicité bourgeoise qui se repaît d'un *bouilli* périodique, d'une douce bassinoire en hiver, d'une lampe pour la nuit et de pantoufles neuves à chaque trimestre. Non, il se saisit de l'existence comme un singe qui attrape une noix, et sans s'amuser longtemps il dépouilla savamment les vulgaires enveloppes du fruit pour en discuter la pulpe savoureuse. La poésie et les sublimes transports de la passion humaine ne lui allèrent plus au cou-de-pied. Il ne commit point la faute de ces hommes puissants qui, s'imaginant parfois que les petites âmes croient aux grandes, s'avisent d'échanger les hautes pensées de l'avenir contre la petite monnaie de nos idées viagères. Il pouvait bien, comme eux, marcher les pieds sur terre et la tête dans les cieux ; mais il aimait mieux s'asseoir, et sécher, sous ses baisers, plus d'une lèvre de femme tendre, fraîche et parfumée ; car, semblable à la Mort, là où il passait, il dévorait tout sans pudeur, voulant un amour de possession, un amour oriental, aux plaisirs longs et faciles. N'aimant que *la femme* dans les femmes, il se fit de l'ironie une allure naturelle à son âme. Quand ses maîtresses se servaient d'un lit pour monter aux cieux où elles allaient se perdre au sein d'une extase enivrante, don Juan les y suivait, grave, expansif, sincère autant que sait l'être un étudiant allemand. Mais il disait JE, quand sa maîtresse, folle, éperdue, disait NOUS ! Il savait admirablement bien se laisser entraîner par une femme. Il était toujours assez fort pour lui faire croire qu'il tremblait comme un jeune lycéen qui dit à sa première danseuse, dans un bal : « Vous aimez la danse ! » Mais il savait aussi rugir à propos, tirer son épée puissante et briser les commandeurs. Il y avait de la raillerie dans sa simplicité et du rire dans ses larmes, car il sut toujours pleurer autant qu'une femme quand elle dit à son mari : « Donne-moi un équipage, ou je meurs de la poitrine. » Pour les négociants, le monde est un ballot ou une masse de billets en circulation ; pour la plupart des jeunes gens, c'est une femme ; pour quelques femmes, c'est un homme ; pour certains esprits, c'est un salon, une coterie, un quartier, une ville ; pour don Juan, l'univers était lui ! Modèle de grâce et de noblesse, d'un esprit séduisant, il attacha sa barque à tous les rivages ; mais en se faisant conduire, il n'allait que jusqu'où il voulait être mené. Plus il vit, plus il douta. En examinant les hommes, il devina souvent que le courage était de la témérité ; la prudence, une poltronnerie ; la générosité, finesse ; la justice, un crime ; la délicatesse, une niaiserie ; la probité, une organisation : et, par une singulière fatalité, il s'aperçut que les gens vraiment probes, délicats, justes, généreux, prudents et courageux, n'obtenaient aucune considération parmi les hommes. « Quelle froide plaisanterie ! se dit-il. Elle ne vient pas d'un dieu. » Et alors, renonçant à un monde meilleur, il ne se découvrit jamais en entendant prononcer un nom, et considéra les saints de pierre dans les églises comme des œuvres d'art. Aussi, comprenant le mécanisme des sociétés humaines, ne heurtait-il jamais trop les préjugés, parce qu'il n'était pas aussi puissant que le bourreau ; mais il tournait les lois sociales avec cette grâce et cet esprit si bien rendus dans sa scène avec monsieur Dimanche. Il fut en effet le type du Dom Juan de Molière, du Faust de Goethe, du Manfred de Byron et du Melmoth de Maturin. Grandes images tracées par les plus grands génies de l'Europe, et auxquelles les accords de Mozart ne manqueront pas plus que la lyre de Rossini peut-être ! Images terribles que le principe du Mal, existant chez l'homme, éternise, et dont quelques copies se retrouvent de siècle en siècle :

soit que ce type entre en pourparlers avec les hommes en s'incarnant dans Mirabeau ; soit qu'il se contente d'agir en silence, comme Bonaparte ; ou de presser l'univers dans une ironie, comme le divin Rabelais ; ou bien encore qu'il se rie des êtres, au lieu d'insulter aux choses, comme le maréchal de Richelieu ; et mieux peut-être, soit qu'il se moque à la fois des hommes et des choses, comme le plus célèbre de nos ambassadeurs. Mais le génie profond de don Juan Belvidéro résuma, par avance, tous ces génies. Il se joua de tout. Sa vie était une moquerie qui embrassait hommes, choses, institutions, idées. Quant à l'éternité, il avait causé familièrement une demi-heure avec le pape Jules II, et à la fin de la conversation, il lui dit en riant : « S'il faut absolument choisir, j'aime mieux croire en Dieu qu'au diable ; la puissance unie à la bonté offre toujours plus de ressource que n'en a le Génie du Mal.

— Oui, mais Dieu veut qu'on fasse pénitence dans ce monde !

— Vous pensez donc toujours à vos indulgences ? répondit Belvidéro. Eh bien ! j'ai, pour me repentir des fautes de ma première vie, toute une existence en réserve.

— Ah ! si tu comprends ainsi la vieillesse, s'écria le pape, tu risques d'être canonisé.

— Après votre élévation à la papauté, l'on peut tout croire. »

Et ils allèrent voir les ouvriers occupés à bâtir l'immense basilique consacrée à saint Pierre.

« Saint Pierre est l'homme de génie qui nous a constitué notre double pouvoir, dit le pape à don Juan, il mérite ce monument. Mais parfois, la nuit, je pense qu'un déluge passera l'éponge sur cela, et ce sera à recommencer… »

Don Juan et le pape se prirent à rire, ils s'étaient entendus. Un sot serait allé, le lendemain, s'amuser avec Jules II chez Raphaël ou dans la délicieuse Villa-Madama ; mais Belvidéro alla le voir officier pontificalement, afin de se convaincre de ses doutes. Dans une débauche, La Rovère aurait pu se démentir et commenter l'*Apocalypse*.

Toutefois cette légende n'est pas entreprise pour fournir des matériaux à ceux qui voudront écrire des mémoires sur la vie de don Juan, elle est destinée à prouver aux honnêtes gens que Belvidéro n'est pas mort dans son duel avec une pierre, comme veulent le faire croire quelques lithographes. Lorsque don Juan Belvidéro atteignit l'âge de soixante ans, il vint se fixer en Espagne. Là, sur ses vieux jours, il épousa une jeune et ravissante Andalouse. Mais, par calcul, il ne fut ni bon père ni bon époux. Il avait observé que nous ne sommes jamais si tendrement aimés que par les femmes auxquelles nous ne songeons guère. Dona Elvire, saintement élevée par une vieille tante au fond de l'Andalousie, dans un château, à quelques lieues de San Lucar, était tout dévouement et toute grâce. Don Juan devina que cette jeune fille serait femme à longtemps combattre une passion avant d'y céder, il espéra donc pouvoir la conserver vertueuse jusqu'à sa mort. Ce fut une plaisanterie sérieuse, une partie d'échecs qu'il voulut se réserver de jouer pendant ses vieux jours. Fort de toutes les fautes commises par son père Bartholoméo, don Juan résolut de faire servir les moindres actions de sa vieillesse à la réussite du drame qui devait s'accomplir sur son lit de mort. Ainsi la plus grande partie de ses richesses resta enfouie dans les caves de son palais à Ferrare, où il allait rarement. Quant à l'autre moitié de sa fortune, elle fut placée en viager, afin d'intéresser à la durée de sa vie et sa femme et ses enfants, espèce de rouerie que son père aurait dû pratiquer ; mais cette spéculation de machiavélisme ne lui fut pas très nécessaire. Le jeune Philippe Belvidéro, son fils, devint un Espagnol aussi consciencieusement religieux que son père était impie, en vertu peut-être du proverbe : *À père avare, enfant prodigue*. L'abbé de San Lucar fut choisi par don Juan pour diriger les consciences de la duchesse de Belvidéro et de Philippe. Cet ecclésiastique était un saint homme, de belle taille, admirablement bien proportionné, ayant de beaux yeux noirs, une tête à la Tibère, fatiguée par les jeûnes, blanche de macérations, et journellement tenté comme le sont tous les solitaires. Le vieux seigneur espérait peut-être pouvoir encore tuer un moine avant de finir son premier bail de vie. Mais, soit que l'abbé fût aussi fort que don Juan pouvait l'être lui-même, soit que dona Elvire eût plus de prudence ou de vertu que l'Espagne n'en accorde aux femmes, don Juan fut contraint de passer ses derniers jours comme un vieux curé de campagne, sans scandale chez lui. Parfois il prenait plaisir à trouver son fils ou sa femme en faute sur leurs devoirs de religion, et voulait impérieusement qu'ils exécutassent toutes les obligations imposées aux fidèles par la cour de Rome. Enfin, il n'était jamais si heureux qu'en entendant le galant abbé de San Lucar, dona Elvire et Philippe occupés à discuter un cas de conscience. Cependant, malgré les soins prodigieux que le seigneur don Juan Belvidéro donnait à sa personne, les jours de la décrépitude arrivèrent ; avec cet âge de douleur, vinrent les cris de l'impuissance, cris d'autant plus déchirants que plus riches étaient les souvenirs de sa bouillante jeunesse et de sa voluptueuse maturité. Cet homme, en qui le dernier degré de la raillerie était d'engager les autres à croire aux lois et aux principes dont il se moquait, s'endormait le soir sur un *peut-être* ! Ce modèle du bon ton, ce duc, vigoureux dans une orgie, superbe dans les cours, gracieux auprès des femmes dont les cœurs avaient été tordus par lui comme un paysan tord un lien d'osier, cet homme de génie avait une pituite opiniâtre, une sciatique importune, une goutte brutale. Il voyait ses dents le quittant comme, à la fin d'une soirée, les dames les plus blanches, les mieux parées, s'en vont, une à une, laissant le salon désert et démeublé. Enfin ses mains hardies tremblèrent, ses jambes sveltes chancelèrent, et un soir l'apoplexie lui pressa le cou de ses mains crochues et glaciales. Depuis ce jour fatal, il devint morose et dur. Il accusait le dévouement de son fils et de sa femme, en prétendant parfois que leurs soins touchants et délicats ne lui étaient si tendrement prodigués que parce qu'il avait placé toute sa fortune en rentes viagères. Elvire et Philippe versaient alors des larmes amères et redoublaient de caresses auprès du malicieux vieillard, dont la voix cassée devenait affectueuse pour leur dire : « Mes amis, ma chère femme, vous me pardonnez, n'est-ce pas ? Je vous tourmente un peu. Hélas ! grand Dieu ! comment te sers-tu de moi pour éprouver ces deux célestes créatures ? Moi, qui devrais être leur joie, je suis leur fléau. » Ce fut ainsi qu'il les enchaîna au chevet de son lit, leur faisant oublier des mois entiers d'impatience et de cruauté par une heure où, pour eux, il déployait les trésors toujours nouveaux de sa grâce et d'une fausse tendresse. Système paternel qui lui réussit infiniment mieux que celui dont avait usé jadis son père envers lui. Enfin, il parvint à un tel degré de maladie que, pour le mettre au lit, il fallait le manœuvrer comme une felouque entrant dans un chenal dangereux. Puis le jour de la mort arriva. Ce brillant et sceptique personnage, dont l'entendement survivait seul à la plus affreuse de toutes les destructions, se vit entre un médecin et un confesseur, ses deux antipathies. Mais il fut jovial avec eux. N'y avait-il pas, pour lui, une lumière scintillante derrière le voile de l'avenir ? Sur cette toile, de plomb pour les autres et diaphane pour lui, les légères, les ravissantes délices de la jeunesse se jouaient comme des ombres.

Ce fut par une belle soirée d'été que don Juan sentit les approches de la mort. Le ciel de l'Espagne était d'une admirable pureté, les orangers parfumaient l'air, les étoiles distillaient de vives et fraîches lumières, la nature semblait lui donner des gages certains de sa résurrection, un fils pieux et obéissant le contemplait avec amour et respect. Vers onze heures, il voulut rester seul avec cet être candide.

« Philippe », lui dit-il d'une voix si tendre et si affectueuse que le jeune homme tressaillit et pleura de bonheur. Jamais ce père inflexible n'avait prononcé ainsi : « Philippe ! » « Écoute-moi, mon fils, reprit le moribond. Je suis un grand pécheur. Aussi ai-je pensé, pendant toute ma vie, à ma mort. Jadis je fus l'ami du grand pape Jules II. Cet illustre pontife craignit que l'excessive irritation de mes sens ne me fît commettre quelque péché mortel entre le moment où j'expirerais et celui où j'aurais reçu les saintes huiles ; il me fit présent d'une fiole dans laquelle existe l'eau sainte jaillie autrefois des rochers, dans le désert. J'ai gardé le secret sur cette dilapidation du trésor de l'Église, mais je suis autorisé à révéler ce mystère à mon fils, *in articulo mortis*. Vous trouverez cette fiole dans le tiroir de cette table gothique qui n'a jamais quitté le chevet de mon lit… Le précieux cristal pourra vous servir encore, mon bien-aimé Philippe. Jurez-moi, par votre salut éternel, d'exécuter ponctuellement mes ordres ? »

Philippe regarda son père. Don Juan se connaissait trop à l'expression des sentiments humains pour ne pas mourir en paix sur la foi d'un tel regard, comme son père était mort au désespoir sur la foi du sien.

« Tu méritais un autre père, reprit don Juan. J'ose t'avouer, mon enfant, qu'au moment où le respectable abbé de San Lucar m'administrait le viatique, je pensais à l'incompatibilité de deux puissances aussi étendues que celles du diable et de Dieu…

— Oh ! mon père !

— Et je me disais que, quand Satan fera sa paix, il devra, sous peine d'être un grand misérable, stipuler le pardon de ses adhérents. Cette pensée me poursuit. J'irais donc en enfer, mon fils, si tu n'accomplissais pas mes volontés.

— Oh ! dites-les-moi promptement, mon père !

— Aussitôt que j'aurai fermé les yeux, reprit don Juan, dans quelques minutes peut-être, tu prendras mon corps, tout chaud même, et tu l'étendras sur une table au milieu de cette chambre. Puis tu éteindras cette lampe ; la lueur des étoiles doit te suffire. Tu me dépouilleras de mes vêtements ; et pendant que tu réciteras des *Pater* et des *Ave* en élevant ton âme à Dieu, tu auras soin d'humecter, avec cette eau sainte, mes yeux, mes lèvres, toute la tête d'abord, puis successivement les membres et le corps ; mais, mon cher fils, la puissance de Dieu est si grande qu'il ne faudra t'étonner de rien ! »

Ici, don Juan, qui sentit la mort venir, ajouta d'une voix terrible : « Tiens bien le flacon. » Puis il expira doucement dans les bras d'un fils dont les larmes abondantes coulèrent sur sa face ironique et blême.

Il était environ minuit quand don Philippe Belvidéro plaça le cadavre de son père sur la table. Après en avoir baisé le front menaçant et les cheveux gris, il éteignit la lampe. La lueur douce, produite par la clarté de la lune, dont les reflets bizarres illuminaient la campagne, permit au pieux Philippe d'entrevoir indistinctement le corps de son père, comme quelque chose de blanc au milieu de l'ombre. Le jeune homme imbiba un linge dans la liqueur, et, plongé dans la prière, il oignit fidèlement cette tête sacrée au milieu d'un profond silence. Il entendait bien des frémissements indescriptibles, mais il les attribuait aux jeux de la brise dans les cimes des arbres. Quand il eut mouillé le bras droit, il se sentit fortement étreindre le cou par un bras jeune et vigoureux, le bras de son père ! Il jeta un cri déchirant, et laissa tomber la fiole, qui se cassa. La liqueur s'évapora. Les gens du château accoururent, armés de flambeaux. Ce cri les avait épouvantés et surpris, comme si la trompette du Jugement dernier eût ébranlé l'univers. En un moment, la chambre fut pleine de monde. La foule tremblante aperçut don Philippe évanoui, mais retenu par le bras puissant de son père, qui lui serrait le cou. Puis, chose surnaturelle, l'assistance vit la tête de don

Juan, aussi jeune, aussi belle que celle de l'Antinoüs ; une tête aux cheveux noirs, aux yeux brillants, à la bouche vermeille, et qui s'agitait effroyablement sans pouvoir remuer le squelette auquel elle appartenait. Un vieux serviteur cria : « Miracle ! » Et tous ces Espagnols répétèrent : « Miracle ! » Trop pieuse pour admettre les miracles de la magie, dona Elvire envoya chercher l'abbé de San Lucar. Lorsque le prieur contempla de ses yeux le miracle, il résolut d'en profiter en homme d'esprit et en abbé qui ne demandait pas mieux que d'augmenter ses revenus. Déclarant aussitôt que le seigneur don Juan serait infailliblement canonisé, il indiqua la cérémonie de l'apothéose dans son couvent, qui désormais s'appellerait, dit-il, *San Juan de Lucar.* À ces mots, la tête fit une grimace assez facétieuse.

Le goût des Espagnols pour ces sortes de solennités est si connu qu'il ne doit pas être difficile de croire aux féeries religieuses par lesquelles l'abbaye de San Lucar célébra la translation du *bienheureux don Juan Belvidéro* dans son église. Quelques jours après la mort de cet illustre seigneur, le miracle de son imparfaite résurrection s'était si drûment conté de village en village, dans un rayon de plus de cinquante lieues autour de San Lucar, que ce fut déjà une comédie que de voir les curieux par les chemins ; ils vinrent de tous côtés, affriandés par un *Te Deum* chanté aux flambeaux. L'antique mosquée du couvent de San Lucar, merveilleux édifice bâti par les Maures, et dont les voûtes entendaient depuis trois siècles le nom de Jésus-Christ substitué à celui d'Allah, ne put contenir la foule accourue pour voir la cérémonie. Pressés comme des fourmis, des hidalgos en manteaux de velours, et armés de leurs bonnes épées, se tenaient debout autour des piliers, sans trouver de place pour plier leurs genoux qui ne se pliaient que là. De ravissantes paysannes, dont les basquines dessinaient les formes amoureuses, donnaient le bras à des vieillards en cheveux blancs. Des jeunes gens aux yeux de feu se trouvaient à côté de vieilles femmes parées. Puis c'était des couples frémissant d'aise, fiancées curieuses amenées par leurs bien-aimés ; des mariés de la veille ; des enfants se tenant craintifs par la main. Ce monde était là riche de couleurs, brillant de contrastes, chargé de fleurs, émaillé, faisant un doux tumulte dans le silence de la nuit. Les larges portes de l'église s'ouvrirent. Ceux qui, venus trop tard, restèrent en dehors voyaient de loin, par les trois portails ouverts, une scène dont les décorations vaporeuses de nos opéras modernes ne sauraient donner même une faible idée. Des dévotes et des pécheurs, pressés de gagner les bonnes grâces d'un nouveau saint, allumèrent en son honneur des milliers de cierges dans cette vaste église, lueurs intéressées qui donnèrent de magiques aspects au monument. Les noires arcades, les colonnes et leurs chapiteaux, les chapelles profondes et brillantes d'or et d'argent, les galeries, les découpures sarrasines, les traits les plus délicats de cette sculpture délicate, se dessinaient dans cette lumière surabondante, comme des figures capricieuses qui se forment dans un brasier rouge. C'était un océan de feux, dominé, au fond de l'église, par le chœur doré où s'élevait le maître-autel, dont la gloire eût rivalisé avec celle d'un soleil levant. En effet, la splendeur des lampes d'or, des candélabres d'argent, des bannières, des glands, des saints et des ex-voto, pâlissait devant la châsse où se trouvait don Juan. Le corps de l'impie étincelait de pierreries, de fleurs, de cristaux, de diamants, d'or, de plumes aussi blanches que les ailes d'un séraphin, et remplaçait sur l'autel un tableau du Christ. Autour de lui brillaient des cierges nombreux qui élançaient dans les airs de flamboyantes ondes. Le bon abbé de San Lucar, paré des habits pontificaux, ayant sa mitre enrichie de pierres précieuses, son rochet, sa crosse d'or, siégeait, roi du chœur, sur un fauteuil d'un luxe impérial, au milieu de tout son clergé, composé d'impassibles vieillards en cheveux argentés, revêtus d'aubes fines, et qui l'entouraient, semblables aux saints confesseurs que les peintres groupent autour de l'Éternel. Le Grand-Chantre et les dignitaires du chapitre, décorés des brillants insignes de leurs vanités ecclésiastiques, allaient et venaient au sein des nuages formés par l'encens, pareils aux astres qui roulent sur le firmament. Quand l'heure du triomphe fut venue, les cloches réveillèrent les échos de la campagne, et cette immense assemblée jeta vers Dieu le premier cri de louanges par lequel commence le *Te Deum*. Cri sublime ! C'était des voix pures et légères, des voix de femmes en extase, mêlées aux voix graves et fortes des hommes, des milliers de voix si puissantes que l'orgue n'en domina pas l'ensemble, malgré le mugissement de ses tuyaux. Seulement les notes perçantes de la jeune voix des enfants de chœur et les larges accents de quelques basses-tailles suscitèrent des idées gracieuses, peignirent l'enfance et la force, dans ce ravissant concert de voix humaines confondues en sentiment d'amour.

Te Deum laudamus!

Du sein de cette cathédrale noire de femmes et d'hommes agenouillés, ce chant partit semblable à une lumière qui scintille tout à coup dans la nuit, et le silence fut rompu comme par un coup de tonnerre. Les voix montèrent avec les nuages d'encens qui jetaient alors des voiles diaphanes et bleuâtres sur les fantastiques merveilles de l'architecture. Tout était richesse, parfum, lumière et mélodie. Au moment où cette musique d'amour et de reconnaissance s'élança vers l'autel, don Juan, trop poli pour ne pas remercier, trop spirituel pour ne pas entendre raillerie, répondit par un rire effrayant, et se prélassa dans sa châsse. Mais le diable l'ayant fait penser à la chance qu'il courait d'être pris pour un homme ordinaire, pour un saint, un Boniface, un Pantaléon, il troubla cette mélodie d'amour par un hurlement auquel se joignirent les mille voix de l'enfer. La terre bénissait, le ciel maudissait. L'église en trembla sur ses fondements antiques.

« *Te Deum laudamus* ! disait l'assemblée.

— Allez à tous les diables, bêtes brutes que vous êtes ! Dieu, Dieu ! *Carajos demonios*, animaux, êtes-vous stupides avec votre Dieu-vieillard ! »

Et un torrent d'imprécations se déroula comme un ruisseau de laves brûlantes par une éruption du Vésuve.

« *Deus sabaoth ! sabaoth !* crièrent les chrétiens.

— Vous insultez la majesté de l'enfer ! » répondit don Juan dont la bouche grinçait des dents.

Bientôt le bras vivant put passer par-dessus la châsse, et menaça l'assemblée par des gestes empreints de désespoir et d'ironie.

« Le saint nous bénit », dirent les vieilles femmes, les enfants et les fiancés, gens crédules.

Voilà comment nous sommes souvent trompés dans nos adorations. L'homme supérieur se moque de ceux qui le complimentent, et complimente quelquefois ceux dont il se moque au fond du cœur.

Au moment où l'abbé, prosterné devant l'autel, chantait :

Sancte Johannes, ora pro nobis! il entendit assez distinctement: *O coglione*.

«Que se passe-t-il donc là-haut? s'écria le sous-prieur en voyant la châsse remuer.

— Le saint fait le diable», répondit l'abbé.

Alors cette tête vivante se détacha violemment du corps qui ne vivait plus et tomba sur le crâne jaune de l'officiant.

«Souviens-toi de dona Elvire», cria la tête en dévorant celle de l'abbé.

Ce dernier jeta un cri affreux qui troubla la cérémonie. Tous les prêtres accoururent et entourèrent leur souverain.

«Imbécile, dis donc qu'il y a un Dieu?» cria la voix au moment où l'abbé, mordu dans sa cervelle, allait expirer.

Paris, octobre 1830.

Les Cenci
(Les Chroniques italiennes)

Stendhal

Le Don Juan de Molière est galant sans doute, mais avant tout il est homme de bonne compagnie ; avant de se livrer au penchant irrésistible qui l'entraîne vers les jolies femmes, il tient à se conformer à un certain modèle idéal, il veut être l'homme qui serait souverainement admiré à la cour d'un jeune roi galant et spirituel.

Le don Juan de Mozart est déjà plus près de la nature, et moins français, il pense moins à l'opinion des autres*; il ne songe pas, avant tout, à* parestre, *comme dit le baron de Fœneste, de d'Aubigné. Nous n'avons que deux portraits du don Juan d'Italie, tel qu'il dut se montrer, en ce beau pays, au seizième siècle, au début de la civilisation renaissante.*

De ces deux portraits, il en est un que je ne puis absolument faire connaître, le siècle est trop collet monté*; il faut se rappeler ce grand mot que j'ai ouï répéter bien des fois à lord Byron :* This age of cant. *Cette hypocrisie si ennuyeuse et qui ne trompe personne a l'immense avantage de donner quelque chose à dire aux sots ; ils se scandalisent de ce qu'on a osé dire telle chose ; de ce qu'on a osé rire de telle autre, etc. Son désavantage est de raccourcir infiniment le domaine de l'histoire.*

Si le lecteur a le bon goût de me le permettre, je vais lui présenter, en toute humilité, une notice historique sur le second des don Juan, dont il est possible de parler en 1837 ; il se nommait François Cenci.

Pour que le don Juan soit possible, il faut qu'il y ait de l'hypocrisie dans le monde. Le don Juan eût été un effet sans cause de l'antiquité ; la religion était une fête, elle exhortait les hommes au plaisir, comment aurait-elle flétri des êtres qui faisaient d'un certain plaisir leur unique affaire ? Le gouvernement seul parlait de s'abstenir*; il défendait les choses qui pouvaient nuire à la patrie, c'est-à-dire à l'intérêt bien entendu de tous, et non ce qui peut nuire à l'individu qui agit.*

Tout homme qui avait du goût pour les femmes et beaucoup d'argent pouvait être un don Juan dans Athènes, personne n'y trouvait à redire ; personne ne professait que cette vie est une vallée de larmes et qu'il y a du mérite à se faire souffrir.

Je ne pense pas que le don Juan athénien pût arriver jusqu'au crime aussi rapidement que le don Juan des monarchies modernes ; une grande partie du plaisir de celui-ci consiste à braver l'opinion, et il a débuté, dans sa jeunesse, par s'imaginer qu'il bravait seulement l'hypocrisie.

Violer les lois *dans la monarchie à la Louis XV, tirer un coup de fusil à un couvreur, et le faire dégringoler du haut de son toit, n'est-ce pas une preuve que l'on vit dans la société du prince, que l'on est du meilleur ton, et que l'on se moque fort du juge ?* Se moquer du juge, *n'est-ce pas le premier pas, le premier essai de tout petit don Juan qui débute ?*

Parmi nous, les femmes ne sont plus à la mode, c'est pourquoi les don Juan sont rares ; mais quand il y en avait, ils commençaient toujours par chercher des plaisirs fort naturels, tout en se faisant gloire de braver ce qui leur semblait des idées non fondées en raison dans la religion de leurs contemporains. Ce n'est que plus tard, et lorsqu'il commence à se pervertir, que le don Juan trouve une volupté exquise à braver les opinions qui lui semblent à lui-même justes et raisonnables.

Ce passage devait être fort difficile chez les anciens, et ce n'est guère que sous les empereurs romains, et après Tibère et Caprée, que l'on trouve des libertins qui aiment la corruption pour elle-même, c'est-à-dire pour le plaisir de braver les opinions raisonnables de leurs contemporains.

Ainsi c'est à la religion chrétienne que j'attribue la possibilité du rôle satanique de don Juan. C'est sans doute cette religion qui enseigna au monde qu'un pauvre esclave, qu'un gladiateur avait une âme absolument égale en faculté à celle de César lui-même ; ainsi, il faut la remercier de l'apparition de sentiments délicats ; je ne doute pas, au reste, que tôt ou tard ces sentiments ne se fussent fait jour dans le sein des peuples. L'Énéide *est déjà bien plus* tendre *que* L'Iliade.

La théorie de Jésus était celle des philosophes arabes ses contemporains ; la seule chose nouvelle qui se soit introduite dans le monde à la suite des principes prêchés par saint Paul, c'est un corps de prêtres absolument séparé du reste des citoyens et même ayant des intérêts opposés.

Ce corps fit son unique affaire de cultiver et de fortifier le sentiment religieux*; il inventa des prestiges et des habitudes pour émouvoir les esprits de toutes les classes, depuis le pâtre inculte jusqu'au vieux courtisan blasé; il sut lier son souvenir aux impressions charmantes de la première enfance; il ne laissa point passer la moindre peste ou le moindre grand malheur sans en profiter pour redoubler la peur et le* sentiment religieux*, ou tout au moins pour bâtir une belle église, comme la* Salute *à Venise.*

L'existence de ce corps produisit cette chose admirable : le pape saint Léon, résistant sans force physique *au féroce Attila et à ses nuées de barbares qui venaient d'effrayer la Chine, la Perse et les Gaules.*

Ainsi, la religion, comme le pouvoir absolu tempéré par des chansons, qu'on appelle la monarchie française, a produit des choses singulières et curieuses que le monde n'eût jamais vues, peut-être s'il eût été privé de ces deux institutions.

Parmi ces choses bonnes ou mauvaises, mais toujours singulières et curieuses, et qui eussent bien étonné Aristote, Polybe, Auguste, et les autres bonnes têtes de l'antiquité, je place sans hésiter le caractère tout moderne du don Juan. C'est, à mon avis, un produit des institutions ascétiques *des papes venus après Luther; car Léon X et sa cour (1506) suivaient à peu près les principes de la religion d'Athènes.*

Le Dom Juan *de Molière fut représenté au commencement du règne de Louis XIV, le 15 février 1665; ce prince n'était point encore dévot, et cependant la censure ecclésiastique fit supprimer la scène du* pauvre dans la forêt*. Cette censure, pour se donner des forces, voulait persuader à ce jeune roi, si prodigieusement ignorant, que le mot janséniste était synonyme de* républicain.

L'original est d'un Espagnol, Tirso de Molina; une troupe italienne en jouait une imitation à Paris vers 1664, et faisait fureur. C'est probablement la comédie du monde qui a été représentée le plus souvent. C'est qu'il y a le diable et l'amour, la peur de l'enfer et une passion exaltée pour une femme, c'est-à-dire, ce qu'il y a de plus terrible et de plus doux aux yeux de tous les hommes, pour peu qu'ils soient au-dessus de l'état sauvage.

Il n'est pas étonnant que la peinture du don Juan ait été introduite dans la littérature par un poète espagnol. L'amour tient une grande place dans la vie de ce peuple; c'est, là-bas, une passion sérieuse et qui se fait sacrifier, haut la main, toutes les autres, et même, qui le croirait? la vanité! *Il en est de même en Allemagne et en Italie. À le bien prendre, la France seule est complètement délivrée de cette passion, qui fait faire tant de folies à ces étrangers: par exemple, épouser une fille pauvre, sous le prétexte qu'elle est jolie et qu'on en est amoureux. Les filles qui manquent de beauté ne manquent pas d'admirateurs en France; nous sommes gens avisés. Ailleurs, elles sont réduites à se faire religieuses, et c'est pourquoi les couvents sont indispensables en Espagne. Les filles n'ont pas de dot en ce pays, et cette loi a maintenu le triomphe de l'amour. En France, l'amour ne s'est-il pas réfugié au cinquième étage, c'est-à-dire parmi les filles qui ne se marient pas avec l'entremise du notaire de famille?*

Il ne faut point parler du don Juan de lord Byron, ce n'est qu'un Faublas, un beau jeune homme insignifiant, et sur lequel se précipitent toutes sortes de bonheurs invraisemblables.

C'est donc en Italie et au seizième siècle seulement qu'a dû paraître, pour la première fois, ce caractère singulier. C'est en Italie et au dix-septième siècle qu'une princesse disait, en prenant une glace avec délices le soir d'une journée fort chaude: Quel dommage que ce ne soit pas un péché!

Ce sentiment forme, suivant moi, la base du caractère du don Juan, et comme on voit, la religion chrétienne lui est nécessaire.

Sur quoi un auteur napolitain s'écrie: «N'est-ce rien que de braver le ciel, et de croire qu'au moment même le ciel peut vous réduire en cendre? De là l'extrême volupté, dit-on, d'avoir une maîtresse religieuse, et religieuse remplie de piété, sachant fort bien qu'elle fait mal, et demandant pardon à Dieu avec passion, comme elle pèche avec passion.»

Supposons un chrétien extrêmement pervers, né à Rome, au moment où le sévère Pie V venait de remettre en honneur ou d'inventer une foule de pratiques minutieuses absolument étrangères à cette morale simple qui n'appelle vertu que ce qui est utile aux hommes. *Une inquisition inexorable, et tellement inexorable qu'elle dura peu en Italie, et dut se réfugier en Espagne, venait d'être renforcée et faisait peur à tous. Pendant quelques années, on attacha de très grandes peines à la non-exécution ou au mépris public de ces petites pratiques minutieuses élevées au rang des devoirs les plus sacrés de la religion; il aura haussé les épaules en voyant l'universalité des citoyens trembler devant les lois terribles de l'inquisition.*

« Eh bien ! se sera-t-il dit, je suis l'homme le plus riche de Rome, cette capitale du monde ; je vais en être aussi le plus brave ; je vais me moquer publiquement de tout ce que ces gens-là respectent, et qui ressemble si peu à ce qu'on doit respecter. »

Car un don Juan, pour être tel, doit être homme de cœur et posséder un esprit vif et net qui fait voir clair dans les motifs des actions des hommes.

François Cenci se sera dit : « Par quelles actions parlantes, moi Romain, né à Rome en 1527, précisément pendant les six mois durant lesquels les soldats luthériens du connétable de Bourbon y commirent, sur les choses saintes, les plus affreuses profanations ; par quelles actions pourrais-je faire remarquer mon courage et me donner, le plus profondément possible, le plaisir de braver l'opinion ? Comment étonnerais-je mes sots contemporains ? Comment pourrais-je me donner le plaisir si vif de me sentir différent de tout ce vulgaire ? »

Il ne pouvait entrer dans la tête d'un Romain, et d'un Romain du Moyen Âge, de se borner à des paroles. Il n'est pas de pays où les paroles hardies soient plus méprisées qu'en Italie.

L'homme qui a pu se dire à lui-même ces choses se nommait François Cenci : il a été tué sous les yeux de sa fille et de sa femme, le 15 septembre 1598. Rien d'aimable ne nous reste de ce don Juan, son caractère ne fut point adouci et amoindri *par l'idée d'être, avant tout, homme de bonne compagnie, comme le don Juan de Molière. Il ne songeait aux autres hommes que pour marquer sa supériorité sur eux, s'en servir dans ses desseins ou les haïr. Le don Juan n'a jamais de plaisir par les sympathies, par les douces rêveries ou les illusions d'un cœur tendre. Il lui faut, avant tout, des plaisirs qui soient des triomphes, qui puissent être vus par les autres, qui* ne puissent être niés*; il lui faut la liste déployée par l'insolent Leporello aux yeux de la triste Elvire.*

Le don Juan romain s'est bien gardé de la maladresse insigne de donner la clef de son caractère, et de faire des confidences à un laquais, comme le don Juan de Molière ; il a vécu sans confident, et n'a prononcé de paroles que celles qui étaient utiles pour l'avancement de ses desseins. *Nul ne vit en lui de ces moments de tendresse véritable et de gaieté charmante qui nous font pardonner au don Juan de Mozart ; en un mot, le portrait que je vais traduire est affreux.*

Par choix, je n'aurais pas raconté ce caractère, je me serais contenté de l'étudier, car il est plus voisin de l'horrible que du curieux; mais j'avouerai qu'il m'a été demandé par des compagnons de voyage auxquels je ne pouvais rien refuser. En 1823, j'eus le bonheur de voir l'Italie avec des êtres aimables et que je n'oublierai jamais, je fus séduit comme eux par l'admirable portrait de Béatrix Cenci, que l'on voit à Rome, au palais Barberini.

La galerie de ce palais est maintenant réduite à sept ou huit tableaux; mais quatre sont des chefs-d'œuvre: c'est d'abord le portrait de la célèbre Fornarina, la maîtresse de Raphaël, par Raphaël lui-même. Ce portrait, sur l'authenticité duquel il ne peut s'élever aucun doute, car on trouve des copies contemporaines, est tout différent de la figure qui, à la galerie de Florence, est donnée comme le portrait de la maîtresse de Raphaël, et a été gravé, sous ce nom, par Morghen. Le portrait de Florence n'est pas même de Raphaël. En faveur de ce grand nom, le lecteur voudra-t-il pardonner à cette petite digression?

Le second portrait précieux de la galerie Barberini est du Guide; c'est le portrait de Béatrix Cenci, dont on voit tant de mauvaises gravures. Ce grand peintre a placé sur le cou de Béatrix un bout de draperie insignifiant; il l'a coiffée d'un turban; il eût craint de pousser la vérité jusqu'à l'horrible, s'il eût reproduit exactement l'habit qu'elle s'était fait faire pour paraître à l'exécution, et les cheveux en désordre d'une pauvre fille de seize ans qui vient de s'abandonner au désespoir. La tête est douce et belle, le regard très doux et les yeux fort grands: ils ont l'air étonné d'une personne qui vient d'être surprise au moment où elle pleurait à chaudes larmes. Les cheveux sont blonds et très beaux. Cette tête n'a rien de la fierté romaine et de cette conscience de ses propres forces que l'on surprend souvent dans le regard assuré d'une fille du Tibre, di una figlia del Tevere, disent-elles d'elles-mêmes avec fierté. Malheureusement, les demi-teintes ont poussé au rouge de brique pendant ce long intervalle de deux cent trente-huit ans qui nous sépare de la catastrophe dont on va lire le récit.

Le troisième portrait de la galerie Barberini est celui de Lucrèce Petroni, belle-mère de Béatrix, qui fut exécutée avec elle. C'est le type de la matrone romaine dans sa beauté et sa fierté naturelles. Les traits sont grands et la carnation d'une éclatante blancheur, les sourcils noirs et fort marqués, le regard est impérieux et en même *temps chargé de volupté. C'est un beau contraste avec la figure si douce, si simple, presque allemande de sa belle-fille.*

Le quatrième portrait, brillant par la vérité et l'éclat des couleurs, est l'un des chefs-d'œuvre de Titien; c'est une esclave grecque qui fut la maîtresse du fameux doge Barbarigo.

Presque tous les étrangers qui arrivent à Rome se font conduire, dès le commencement de leur tournée, à la galerie Barberini; ils sont appelés, les femmes surtout, par les portraits de Béatrix Cenci et de sa belle-mère. J'ai partagé la curiosité commune; ensuite, comme tout le monde, j'ai cherché à obtenir communication des pièces de ce procès célèbre. Si on a ce crédit, on sera tout étonné, je pense, en lisant ces pièces, où tout est latin, excepté les réponses des accusés, de ne trouver presque pas l'explication des faits. C'est qu'à Rome, en 1599, personne n'ignorait les faits. J'ai acheté la permission de copier un récit contemporain; j'ai cru pouvoir en donner la traduction sans blesser aucune convenance; du moins cette traduction put-elle être lue tout haut devant des dames en 1823. Il est bien entendu que le traducteur cesse d'être fidèle lorsqu'il ne peut plus l'être: l'horreur l'emporterait facilement sur l'intérêt de curiosité.

Le triste rôle du don Juan pur (celui qui ne cherche à se conformer à aucun modèle idéal, et qui ne songe à l'opinion du monde que pour l'outrager) est exposé ici dans toute son horreur. Les excès de ses crimes forcent deux femmes malheureuses à le faire tuer sous leurs yeux; ces deux femmes étaient l'une son épouse, et l'autre sa fille, et le lecteur n'osera décider si elles furent coupables. Leurs contemporains trouvèrent qu'elles ne devaient pas périr.

Je suis convaincu que la tragédie de Galeoto Manfredi *(qui fut tué par sa femme, sujet traité par le grand poète Monti) et tant d'autres tragédies domestiques du quinzième siècle, qui sont moins connues et à peine indiquées dans les histoires particulières des villes d'Italie, finirent par une scène semblable à celle du château de Petrella. Voici la traduction du récit contemporain; il est en* italien de Rome, *et fut écrit le 14 septembre 1599.*

HISTOIRE VÉRITABLE

De la mort de Jacques et Béatrix Cenci, et de Lucrèce Petroni Cenci, leur belle-mère, exécutés pour crime de parricide, samedi dernier 11 septembre 1599, sous le règne de notre saint-père le pape, Clément VIII, Aldobrandini.

La vie exécrable qu'a toujours menée François Cenci, né à Rome et l'un de nos concitoyens les plus opulents, a fini par le conduire à sa perte. Il a entraîné à une mort prématurée ses fils, jeunes gens forts et courageux, et sa fille Béatrix qui, quoiqu'elle ait été conduite au supplice à peine âgée de seize ans (il y a aujourd'hui quatre jours), n'en passait pas moins pour une des plus belles personnes des États du pape et de l'Italie tout entière. La nouvelle se répand que le signor Guido Reni, un des élèves de cette admirable école de Bologne, a voulu faire le portrait de la pauvre Béatrix, vendredi dernier, c'est-à-dire le jour même qui a précédé son exécution. Si ce grand peintre s'est acquitté de cette tâche comme il a fait pour les autres peintures qu'il a exécutées dans cette capitale, la postérité pourra se faire quelque idée de ce que fut la beauté de cette fille admirable. Afin qu'elle puisse aussi conserver quelque souvenir de ses malheurs sans pareils, et de la force étonnante avec laquelle cette âme vraiment romaine sut les combattre, j'ai résolu d'écrire ce que j'ai appris sur l'action qui l'a conduite à la mort, et ce que j'ai vu le jour de sa glorieuse tragédie.

Les personnes qui m'ont donné mes informations étaient placées de façon à savoir les circonstances les plus secrètes, lesquelles sont ignorées dans Rome, même aujourd'hui, quoique depuis six semaines on ne parle d'autre chose que du procès des Cenci. J'écrirai avec une certaine liberté, assuré que je suis de pouvoir déposer mon *commentaire* dans des archives respectables, et d'où certainement il ne sera tiré qu'après moi. Mon unique chagrin est de devoir parler, mais ainsi le veut la vérité, contre l'innocence de cette pauvre Béatrix Cenci, adorée et respectée de tous ceux qui l'ont connue, autant que son horrible père était haï et exécré.

Cet homme, qui, l'on ne peut le nier, avait reçu du ciel une sagacité et une bizarrerie étonnantes, fut fils de monsignor

Cenci, lequel, sous Pie V (Ghislieri), s'était élevé au poste de *trésorier* (ministre des finances). Ce saint pape, tout occupé, comme on sait, de sa juste haine contre l'hérésie et du rétablissement de son admirable inquisition, n'eut que du mépris pour l'admiration temporelle de son État, de façon que ce monsignor Cenci, qui fut trésorier pendant quelques années avant 1572, trouva moyen de laisser à cet homme affreux qui fut son fils et père de Béatrix un revenu net de cent soixante mille piastres (environ deux millions cinq cent mille francs de 1837).

François Cenci, outre cette grande fortune, avait une réputation de courage et de prudence à laquelle, dans son jeune temps, aucun autre Romain ne put atteindre ; et cette réputation le mettait d'autant plus en crédit à la cour du pape et parmi tout le peuple, que les actions criminelles que l'on commençait à lui imputer n'étaient que du genre de celles que le monde pardonne facilement. Beaucoup de Romains se rappelaient encore, avec un amer regret, la liberté de penser et d'agir dont on avait joui du temps de Léon X, qui nous fut enlevé en 1513, et sous Paul III, mort en 1549. On commença à parler, sous ce dernier pape, du jeune François Cenci à cause de certains amours singuliers, amenés à bonne réussite par des moyens plus singuliers encore.

Sous Paul III, temps où l'on pouvait encore parler avec une certaine confiance, beaucoup disaient que François Cenci était avide surtout d'événements bizarres qui pussent lui donner des *peripezie di nuova idea*, sensations nouvelles et inquiétantes ; ceux-ci s'appuient sur ce qu'on a trouvé dans ses livres de comptes des articles tels que celui-ci :

« Pour les aventures et peripezie de Toscanella, trois mille cinq cents piastres (environ soixante mille francs de 1837) *e non fu caro* (et ce ne fut pas trop cher). »

On ne sait peut-être pas, dans les autres villes d'Italie, que notre sort et notre façon d'être à Rome changent selon le caractère du pape régnant. Ainsi, pendant treize années sous le bon pape Grégoire XIII (Buoncompagni), tout était permis à Rome ; qui voulait faisait poignarder son ennemi, et n'était point poursuivi, pour peu qu'il se conduisît d'une façon modeste. À cet excès d'indulgence succéda l'excès de la sévérité pendant les cinq années que régna le grand Sixte-Quint, duquel il a été dit, comme de l'empereur Auguste, qu'il fallait qu'il ne vînt jamais ou qu'il restât toujours. Alors on vit exécuter des malheureux pour des assassinats ou empoisonnements oubliés depuis dix ans, mais dont ils avaient eu le malheur de se confesser au cardinal Montalto, depuis Sixte-Quint.

Ce fut principalement sous Grégoire XIII que l'on commença à beaucoup parler de François Cenci ; il avait épousé une femme fort riche et telle qu'il convenait à un seigneur si accrédité, elle mourut après lui avoir donné sept enfants. Peu après sa mort, il prit en secondes noces Lucrèce Petroni, d'une rare beauté et célèbre surtout par l'éclatante blancheur de son teint, mais un peu trop replète, comme c'est le défaut commun de nos Romaines. De Lucrèce il n'eut point d'enfants.

Le moindre vice qui fût à reprendre en François Cenci, ce fut la propension à un amour infâme ; le plus grand fut celui de ne pas croire en Dieu. De sa vie on ne le vit entrer dans une église.

Mis trois fois en prison pour ses amours infâmes, il s'en tira en donnant deux cent mille piastres aux personnes en faveur auprès des douze papes sous lesquels il a successivement vécu. (Deux cent mille piastres font à peu près cinq millions de 1837.)

Je n'ai vu François Cenci que lorsqu'il avait déjà les cheveux grisonnants, sous le règne du pape Buoncompagni, quand tout était permis à qui osait. C'était un homme d'à peu près cinq pieds quatre pouces, fort bien fait, quoique trop maigre ; il passait pour être extrêmement fort, peut-être faisait-il courir ce bruit lui-même ; il avait les yeux grands et expressifs, mais la paupière supérieure retombait un peu trop ; il avait le nez trop avancé et trop grand, les lèvres minces et un sourire plein de grâce. Ce sourire devenait terrible lorsqu'il fixait le regard sur ses ennemis ; pour peu qu'il fût ému ou irrité, il tremblait excessivement et de façon à l'incommoder.

Je l'ai vu dans ma jeunesse, sous le pape Buoncompagni, aller à cheval de Rome à Naples, sans doute pour quelqu'une de ses amourettes, il passait dans les bois de San Germano et de la Fajola, sans avoir nul souci des brigands, et faisait, dit-on, la route en moins de vingt heures. Il voyageait toujours seul, et sans prévenir personne ; quand son premier cheval était fatigué, il en achetait ou en volait un autre. Pour peu qu'on lui fît des difficultés, il ne faisait pas difficulté, lui, de donner un coup de poignard. Mais il est vrai de dire que du temps de ma jeunesse, c'est-à-dire quand il avait quarante-huit ou cinquante ans, personne n'était assez hardi pour lui résister. Son grand plaisir était surtout de braver ses ennemis.

Il était fort connu sur toutes les routes des États de Sa Sainteté ; il payait généreusement, mais aussi il était capable, deux ou trois mois après une offense à lui faite, d'expédier un de ses sicaires pour tuer la personne qui l'avait offensé.

La seule action vertueuse qu'il ait faite pendant toute sa longue vie, a été de bâtir, dans la cour de son vaste palais près du Tibre, une église dédiée à saint Thomas, et encore il fut poussé à cette belle action par le désir singulier d'avoir sous ses yeux les tombeaux de tous ses enfants, pour lesquels il eut une haine excessive et contre nature, même dès leur plus tendre jeunesse, quand ils ne pouvaient encore l'avoir offensé en rien.

C'est là que je veux les mettre tous, disait-il souvent avec un rire amer aux ouvriers qu'il employait à construire son église. Il envoya les trois aînés, Jacques, Christophe et Roch, étudier à l'université de Salamanque en Espagne. Une fois qu'ils furent dans ce pays lointain, il prit un malin plaisir à ne leur faire passer aucune remise d'argent, de façon que ces malheureux jeunes gens, après avoir adressé à leur père nombre de lettres, qui toutes restèrent sans réponse, furent réduits à la misérable nécessité de revenir dans leur patrie en empruntant de petites sommes d'argent ou en mendiant le long de la route.

À Rome, ils trouvèrent un père plus sévère et plus rigide, plus âpre que jamais, lequel, malgré ses immenses richesses, ne voulut ni les vêtir ni leur donner l'argent nécessaire pour acheter les aliments les plus grossiers. Ces malheureux furent forcés d'avoir recours au pape, qui força François Cenci à leur faire une petite pension. Avec ce secours fort médiocre ils se séparèrent de lui.

Bientôt après, à l'occasion de ses amours infâmes, François fut mis en prison pour la troisième et dernière fois ; sur quoi les trois frères sollicitèrent une audience de notre saint-père le pape actuellement régnant, et le prièrent en commun de faire mourir François Cenci leur père, qui dirent-ils, déshonorait leur maison. Clément VIII en avait grande envie, mais il ne voulut pas suivre sa première pensée, pour ne pas donner contentement à ces enfants dénaturés, et il les chassa honteusement de sa présence.

Le père, comme nous l'avons dit plus haut, sortit de prison en donnant une grosse somme d'argent à qui le pouvait protéger. On conçoit que l'étrange démarche de ses trois fils aînés dut augmenter encore la haine qu'il portait à ses enfants. Il les maudissait à chaque instant, grands et petits, et tous les jours il accablait de coups de bâton ses deux pauvres filles qui habitaient avec lui dans son palais.

La plus âgée, quoique surveillée de près, se donna tant de soins, qu'elle parvint à faire présenter une supplique au pape ; elle conjura Sa Sainteté de la marier ou de la placer dans un monastère. Clément VIII eut pitié de ses malheurs, et la maria à Charles Gabrielli, de la famille la plus noble de Gubbio ; Sa Sainteté obligea le père à donner une forte dot.

À ce coup imprévu, François Cenci montra une extrême colère, et pour empêcher que Béatrix, en devenant plus grande, n'eût l'idée de suivre l'exemple de sa sœur, il la séquestra dans un des appartements de son immense palais. Là, personne n'eut la permission de voir Béatrix, alors à peine âgée de quatorze ans, et déjà dans tout l'éclat d'une ravissante beauté. Elle avait surtout une gaieté, une candeur et un esprit comique que je n'ai jamais vus qu'à elle. François Cenci lui portait lui-même à manger. Il est à croire que c'est alors que le monstre en devint amoureux, ou feignit d'en devenir amoureux, afin de mettre au supplice sa malheureuse fille. Il lui parlait souvent du tour perfide que lui avait joué sa sœur aînée, et, se mettant en colère au son de ses propres paroles, finissait par accabler de coups Béatrix.

Sur ces entrefaites, Roch Cenci, son fils, fut tué par un charcutier, et l'année suivante, Christophe Cenci fut tué par Paul Corso de Massa. À cette occasion, il montra sa noire impiété, car aux funérailles de ses deux fils il ne voulut pas dépenser même un baïoque pour des cierges. En apprenant le sort de son fils Christophe, il s'écria qu'il ne pourrait goûter quelque joie que lorsque tous ses enfants seraient enterrés, et que, lorsque le dernier viendrait à mourir, il voulait, en signe de bonheur, mettre le feu à son palais. Rome fut étonnée de ce propos, mais elle croyait tout possible d'un pareil homme, qui mettait sa gloire à braver tout le monde et le pape lui-même.

(Ici il devient absolument impossible de suivre le narrateur romain dans le récit fort obscur des choses étranges par lesquelles François Cenci chercha à étonner ses contemporains. Sa femme et sa malheureuse fille furent, suivant toute apparence, victimes de ses idées abominables.)

Toutes ces choses ne lui suffirent point; il tenta avec des menaces, et en employant la force, de violer sa propre fille Béatrix, laquelle était déjà grande et belle; il n'eut pas honte d'aller se placer dans son lit, lui se trouvant dans un état complet de nudité. Il se promenait avec elle dans les salles de son palais, lui étant parfaitement nu; puis il la conduisait dans le lit de sa femme, afin qu'à la lueur des lampes la pauvre Lucrèce pût voir ce qu'il faisait avec Béatrix.

Il donnait à entendre à cette pauvre fille une hérésie effroyable, que j'ose à peine rapporter, à savoir que, lorsqu'un père connaît sa propre fille, les enfants qui naissent sont nécessairement des saints, et que tous les plus grands saints vénérés par l'Église sont nés de cette façon, c'est-à-dire que leur grand-père maternel a été leur père.

Lorsque Béatrix résistait à ses exécrables volontés, il l'accablait des coups les plus cruels, de sorte que cette pauvre fille, ne pouvant tenir à une vie si malheureuse, eut l'idée de suivre l'exemple que sa sœur lui avait donné. Elle adressa à notre saint-père le pape une supplique fort détaillée; mais il est à croire que François Cenci avait pris ses précautions, car il ne paraît pas que cette supplique soit jamais parvenue aux mains de Sa Sainteté; du moins fut-il impossible de la retrouver à la secrétairerie des *Memoriali*, lorsque, Béatrix étant en prison, son défenseur eut le plus grand besoin de cette pièce; elle aurait pu prouver en quelque sorte les excès inouïs qui furent commis dans le château de Petrella. N'eût-il pas été évident pour tous que Béatrix Cenci s'était trouvée dans le cas d'une légitime défense? Ce mémorial parlait aussi au nom de Lucrèce, belle-mère de Béatrix.

François Cenci eut connaissance de cette tentative, et l'on peut juger avec quelle colère il redoubla de mauvais traitements envers ces deux malheureuses femmes.

La vie leur devint absolument insupportable, et ce fut alors que, voyant bien qu'elles n'avaient rien à espérer de la justice du souverain, dont les courtisans étaient gagnés par les riches cadeaux de François, elles eurent l'idée d'en venir au parti extrême qui les a perdues, mais qui pourtant a eu cet avantage de terminer leurs souffrances en ce monde.

Il faut savoir que le célèbre monsignor Guerra allait souvent au palais Cenci ; il était d'une taille élevée et d'ailleurs fort bel homme, il avait reçu ce don spécial de la destinée, qu'à quelque chose qu'il voulût s'appliquer il s'en tirait avec une grâce toute particulière. On a supposé qu'il aimait Béatrix et avait le projet de quitter la *mantelleta* et de l'épouser ; mais, quoiqu'il prît soin de cacher ses sentiments avec une attention extrême, il était exécré de François Cenci, qui lui reprochait d'avoir été fort lié avec tous ses enfants. Quand monsignor Guerra apprenait que le signor Cenci était hors de son palais, il montait à l'appartement des dames et passait plusieurs heures à discourir avec elles et à écouter leurs plaintes des traitements incroyables auxquels toutes les deux étaient en butte. Il paraît que Béatrix la première osa parler de vive voix à monsignor Guerra du projet auquel elles s'étaient arrêtées. Avec le temps il y donna les mains ; et, vivement pressé à diverses reprises par Béatrix, il consentit enfin à communiquer cet étrange dessein à Giacomo Cenci, sans le consentement duquel on ne pouvait rien faire, puisqu'il était le frère aîné et chef de la maison après François.

On trouva de grandes facilités à l'attirer dans la conspiration ; il était extrêmement maltraité par son père, qui ne lui donnait aucun secours, chose d'autant plus sensible à Giacomo qu'il s'était marié et avait six enfants. On choisit pour s'assembler et traiter des moyens de donner la mort à François Cenci l'appartement de monsignor Guerra. L'affaire se traita avec toutes les formes convenables, et l'on prit sur toutes choses le vote de la belle-mère et de la jeune fille. Quand enfin le parti fut arrêté, on fit choix de deux vassaux de François Cenci, lesquels avaient conçu contre lui une haine mortelle. L'un d'eux s'appelait Marzio ; c'était un homme de cœur, fort attaché aux malheureux enfants de François, et, pour faire quelque chose qui leur fût agréable, il consentit à prendre part au parricide. Olimpio, le second, avait été choisi pour châtelain de la forteresse de la Petrella, au royaume de Naples, par le prince Colonna ; mais, par son crédit tout-puissant auprès du prince, François Cenci l'avait fait chasser.

On convint de toute chose avec ces deux hommes ; François Cenci ayant annoncé que, pour éviter le mauvais air de Rome, il irait passer l'été suivant dans cette forteresse de la Petrella, on eut l'idée de réunir une douzaine de bandits napolitains. Olimpio se chargea de les fournir. On décida qu'on les ferait cacher dans les forêts voisines de la Petrella, qu'on les avertirait du moment où François Cenci se mettrait en chemin, qu'ils l'enlèveraient sur la route, et feraient annoncer à sa famille qu'ils le délivreraient moyennant une forte rançon. Alors les enfants seraient obligés de retourner à Rome pour amasser la somme demandée par les brigands ; ils devaient feindre de ne pas trouver cette somme avec rapidité, et les brigands, suivant leur menace, ne voyant point arriver l'argent, auraient mis à mort François Cenci. De cette façon, personne ne devait être amené à soupçonner les véritables auteurs de cette mort.

Mais, l'été venu, lorsque François Cenci partit de Rome pour la Petrella, l'espion qui devait donner avis du départ, avertit trop tard les bandits placés dans les bois, et ils n'eurent pas le temps de descendre sur la grande route. Cenci arriva sans encombre à la Petrella ; les brigands, las d'attendre une proie douteuse, allèrent voler ailleurs pour leur propre compte.

De son côté, Cenci, vieillard sage et soupçonneux, ne se hasardait jamais à sortir de la forteresse. Et, sa mauvaise humeur augmentant avec les infirmités de l'âge, qui lui étaient insupportables, il redoublait les traitements atroces qu'il faisait subir aux deux pauvres femmes. Il prétendait qu'elles se réjouissaient de sa faiblesse.

Béatrix, poussée à bout par les choses horribles qu'elle avait à supporter, fit appeler sous les murs de la forteresse Marzio et Olimpio. Pendant la nuit, tandis que son père dormait, elle leur parla d'une fenêtre basse et leur jeta des lettres qui étaient adressées à monsignor Guerra.

Au moyen de ces lettres, il fut convenu que monsignor Guerra promettrait à Marzio et Olimpio mille piastres s'ils voulaient se charger eux-mêmes de mettre à mort François Cenci. Un tiers de la somme devait être payé à Rome, avant l'action, par monsignor Guerra, et les deux autres tiers par Lucrèce et Béatrix, lorsque, la chose faite, elles seraient maîtresses du coffre-fort de Cenci.

Il fut convenu de plus que la chose aurait lieu le jour de la Nativité de la Vierge, et à cet effet ces deux hommes furent introduits avec adresse dans la forteresse. Mais Lucrèce fut arrêtée par le respect dû à une fête de la Madone, et elle engagea Béatrix à différer d'un jour, afin de ne pas commettre un double péché.

Ce fut donc le 9 septembre 1598, dans la soirée, que, la mère et la fille ayant donné de l'opium avec beaucoup de dextérité à François Cenci, cet homme si difficile à tromper, il tomba dans un profond sommeil.

Vers minuit, Béatrix introduisit elle-même dans la forteresse Marzio et Olimpio; ensuite Lucrèce et Béatrix les conduisirent dans la chambre du vieillard, qui dormait profondément. Là on les laissa afin qu'ils effectuassent ce qui avait été convenu, et les deux femmes allèrent attendre dans une chambre voisine. Tout à coup elles virent revenir ces deux hommes avec des figures pâles, et comme hors d'eux-mêmes.

— Qu'y a-t-il de nouveau? s'écrièrent les femmes.

— Que c'est une bassesse et une honte, répondirent-ils, de tuer un pauvre vieillard endormi! la pitié nous a empêchés d'agir.

En entendant cette excuse, Béatrix fut saisie d'indignation et commença à les injurier, disant:

— Donc, vous autres hommes, bien préparés à une telle action, vous n'avez pas le courage de tuer un homme qui dort! bien moins encore oseriez-vous le regarder en face s'il était éveillé! Et c'est pour en finir ainsi que vous osez prendre de l'argent! Eh bien! puisque votre lâcheté le veut, moi-même je tuerai mon père; et quant à vous autres, vous ne vivrez pas longtemps!

Animés par ce peu de paroles fulminantes, et craignant quelque diminution dans le prix convenu, les assassins rentrèrent résolument dans la chambre, et furent suivis par les femmes. L'un d'eux avait un grand clou qu'il posa verticalement sur l'œil du vieillard endormi; l'autre, qui avait un marteau, lui fit entrer ce clou dans la tête. On fit entrer de même un autre grand clou dans la gorge, de façon que cette pauvre âme, chargée de tant de péchés récents, fût enlevée par les diables; le corps se débattit, mais en vain.

La chose faite, la jeune fille donna à Olimpio une grosse bourse remplie d'argent; elle donna à Marzio un manteau de drap garni d'un galon d'or, qui avait appartenu à son père, et elle les renvoya.

Les femmes, restées seules, commencèrent par retirer ce grand clou enfoncé dans la tête du cadavre et celui qui était dans le cou; ensuite, ayant enveloppé le corps dans un drap de lit, elles le traînèrent à travers une longue suite de chambres jusqu'à une galerie qui donnait sur un petit jardin abandonné. De là, elles jetèrent le corps sur un grand sureau qui croissait en ce lieu solitaire. Comme il y avait des lieux à l'extrémité de cette petite galerie, elles espérèrent que, lorsque le lendemain on trouverait le corps du vieillard tombé dans les branches du sureau, on supposerait que le pied lui avait glissé, et qu'il était tombé en allant aux lieux.

La chose arriva précisément comme elles l'avaient prévu. Le matin, lorsqu'on trouva le cadavre, il s'éleva une grande rumeur dans la forteresse; elles ne manquèrent pas de jeter de grands cris, et de pleurer la mort si malheureuse d'un père et d'un époux. Mais la jeune Béatrix avait le courage de la pudeur offensée, et non la prudence nécessaire dans la vie; dès le grand matin, elle avait donné à une femme qui blanchissait le linge dans la forteresse un drap taché de sang, lui disant de ne pas s'étonner d'une telle quantité de sang, parce que, toute la nuit, elle avait souffert d'une grande perte, de façon que, pour le moment, tout se passa bien.

On donna une sépulture honorable à François Cenci, et les femmes revinrent à Rome jouir de cette tranquillité qu'elles avaient désirée en vain depuis si longtemps.

Elles se croyaient heureuses à jamais, parce qu'elles ne savaient pas ce qui se passait à Naples.

La justice de Dieu, qui ne voulait pas qu'un parricide si atroce restât sans punition, fit qu'aussitôt qu'on apprit en cette capitale ce qui s'était passé dans la forteresse de la Petrella, le principal juge eut des doutes, et envoya un commissaire royal pour visiter le corps et faire arrêter les gens soupçonnés.

Le commissaire royal fit arrêter tout ce qui habitait dans la forteresse. Tout ce monde fut conduit à Naples enchaîné; et rien ne parut suspect dans les dépositions, si ce n'est que la blanchisseuse dit avoir reçu de Béatrix un drap ou des draps ensanglantés. On lui demanda si Béatrix avait cherché à expliquer ces grandes taches de sang; elle répondit que Béatrix avait parlé d'une indisposition naturelle. On lui demanda si des taches d'une telle grandeur pouvaient provenir d'une telle indisposition ; elle répondit que non, que les taches sur le drap étaient d'un rouge trop vif.

On envoya sur-le-champ ce renseignement à la justice de Rome, et cependant il se passa plusieurs mois avant que l'on songeât, parmi nous, à faire arrêter les enfants de François Cenci. Lucrèce, Béatrix et Giacomo eussent pu mille fois se sauver, soit en allant à Florence sous le prétexte de quelque pèlerinage, soit en s'embarquant à Civita-Vecchia ; mais Dieu leur refusa cette inspiration salutaire.

Monsignor Guerra, ayant eu avis de ce qui se passait à Naples, mit sur-le-champ en campagne des hommes qu'il chargea de tuer Marzio et Olimpio ; mais le seul Olimpio put être tué à Terni. La justice napolitaine avait fait arrêter Marzio, qui fut conduit à Naples, où sur-le-champ il avoua toutes choses.

Cette déposition terrible fut aussitôt envoyée à la justice de Rome, laquelle se détermina enfin à faire arrêter et conduire à la prison de *Corte Savella* Jacques et Bernard Cenci, les seuls fils survivants de François, ainsi que Lucrèce, sa veuve. Béatrix fut gardée dans le palais de son père par une grosse troupe de sbires. Marzio fut amené de Naples, et placé, lui aussi, dans la prison Savella ; là, on le confronta aux deux femmes, qui nièrent tout avec constance, et Béatrix en particulier ne voulut jamais reconnaître le manteau galonné qu'elle avait donné à Marzio. Celui-ci pénétré d'enthousiasme pour l'admirable beauté et l'éloquence étonnante de la jeune fille répondant au juge, nia tout ce qu'il avait avoué à Naples. On le mit à la question, il n'avoua rien, et préféra mourir dans les tourments ; juste hommage à la beauté de Béatrix.

Après la mort de cet homme, le corps du délit n'étant point prouvé, les juges ne trouvèrent pas qu'il y eût raison suffisante pour mettre à la torture soit les deux fils de Cenci, soit les deux femmes. On les conduisit tous quatre au château Saint-Ange, où ils passèrent plusieurs mois fort tranquillement.

Tout semblait terminé, et personne ne doutait plus dans Rome que cette jeune fille si belle, si courageuse, et qui avait inspiré un si vif intérêt, ne fût bientôt mise en liberté, lorsque, par malheur, la justice vint à arrêter le brigand qui, à Terni, avait tué Olimpio ; conduit à Rome, cet homme avoua tout.

Monsignor Guerra, si étrangement compromis par l'aveu du brigand, fut cité à comparaître sous le moindre délai ; la prison était certaine et probablement la mort. Mais cet homme admirable, à qui la destinée avait donné de savoir bien faire toutes choses, parvint à se sauver d'une façon qui tient du miracle. Il passait pour le plus bel homme de la cour du pape, et il était trop connu dans Rome pour pouvoir espérer de se sauver ; d'ailleurs, on faisait bonne garde aux portes, et probablement, dès le moment de la citation, sa maison avait été surveillée. Il faut savoir qu'il était fort grand, il avait le visage d'une blancheur parfaite, une belle barbe blonde et des cheveux admirables de la même couleur.

Avec une rapidité inconcevable, il gagna un marchand de charbon, prit ses habits, se fit raser la tête et la barbe, se teignit le visage, acheta deux ânes, et se mit à courir les rues de Rome, et à vendre du charbon en boitant. Il prit admirablement un certain air grossier et hébété, et allait criant partout son charbon avec la bouche pleine de pain et d'oignons, tandis que des centaines de sbires le cherchaient non seulement dans Rome, mais encore sur toutes les routes. Enfin, quand sa figure fut bien connue de la plupart des sbires, il osa sortir de Rome, chassant toujours devant lui ses deux ânes chargés de charbon. Il rencontra plusieurs troupes de sbires qui n'eurent garde de l'arrêter. Depuis, on n'a jamais reçu de lui qu'une seule lettre ; sa mère lui a envoyé de l'argent à Marseille, et on suppose qu'il fait la guerre en France, comme soldat.

La confession de l'assassin de Terni et cette fuite de monsignor Guerra, qui produisit une sensation étonnante dans Rome, ranimèrent tellement les soupçons et même les indices contre les Cenci, qu'ils furent extraits du château Saint-Ange et ramenés à la prison Savella.

Les deux frères, mis à la torture, furent bien loin d'imiter la grandeur d'âme du brigand Marzio ; ils eurent la pusillanimité de tout avouer. La signora Lucrèce Petroni était tellement accoutumée à la mollesse et aux aisances du plus grand luxe, et d'ailleurs elle était d'une taille tellement forte, qu'elle ne put supporter la question de la *corde* ; elle dit tout ce qu'elle savait.

Mais il n'en fut pas de même de Béatrix Cenci, jeune fille pleine de vivacité et de courage. Les bonnes paroles ni les menaces du juge Moscati n'y firent rien. Elle supporta les tourments de la *corde* sans un moment d'altération et avec un courage parfait. Jamais le juge ne put l'induire à une réponse qui la compromît le moins du monde ; et, bien plus, par sa vivacité pleine d'esprit, elle confondit complètement ce célèbre Ulysse Moscati, juge chargé de l'interroger. Il fut tellement étonné des façons d'agir de cette jeune fille, qu'il crut devoir faire rapport du tout à Sa Sainteté le pape Clément VIII, heureusement régnant.

Sa Sainteté voulut voir les pièces du procès et l'étudier. Elle craignit que le juge Ulysse Moscati, si célèbre pour sa profonde science et la sagacité si supérieure de son esprit, n'eût été vaincu par la beauté de Béatrix et ne la ménageât dans les interrogatoires. Il suivit de là que Sa Sainteté lui ôta la direction de ce procès et la donna à un autre juge plus sévère. En effet, ce barbare eut le courage de *tourmenter* sans pitié un si beau corps *ad torturam capillorum* (c'est-à-dire qu'on donna la question à Béatrix Cenci en la suspendant par les cheveux).

Pendant qu'elle était attachée à la corde, ce nouveau juge fit paraître devant Béatrix sa belle-mère et ses frères. Aussitôt que Giacomo et la signora Lucrèce la virent :

— Le péché est commis, lui crièrent-ils ; il faut faire aussi la pénitence, et ne pas se laisser déchirer le corps par une vaine obstination.

— Donc vous voulez couvrir de honte notre maison, répondit la jeune fille, et mourir avec ignominie ? Vous êtes dans une grande erreur ; mais, puisque vous le voulez, qu'il en soit ainsi.

Et, s'étant tournée vers les sbires :

— Détachez-moi, leur dit-elle, et qu'on me lise l'interrogatoire de ma mère, j'approuverai ce qui doit être approuvé, et je nierai ce qui doit être nié.

Ainsi fut fait ; elle avoua tout ce qui était vrai. Aussitôt on ôta les chaînes à tous, et parce qu'il y avait cinq mois qu'elle n'avait vu ses frères, elle voulut dîner avec eux ; et ils passèrent tous quatre une journée fort gaie.

Mais le jour suivant ils furent séparés de nouveau ; les deux frères furent conduits à la prison de Tordinona, et les femmes restèrent à la prison Savella. Notre saint-père le pape, ayant vu l'acte authentique contenant les aveux de tous, ordonna que sans délai ils fussent attachés à la queue de chevaux indomptés et ainsi mis à mort.

Rome entière frémit en apprenant cette décision rigoureuse. Un grand nombre de cardinaux et de princes allèrent se mettre à genoux devant le pape, le suppliant de permettre à ces malheureux de présenter leur défense.

— Et eux, ont-ils donné à leur vieux père le temps de présenter la sienne ? répondit le pape indigné.

Enfin, par grâce spéciale, il voulut bien accorder un sursis de vingt-cinq jours. Aussitôt les premiers avocats se mirent à *écrire* dans cette cause qui avait rempli la ville de trouble et de pitié. Le vingt-cinquième jour, ils parurent tous ensemble devant Sa Sainteté. Nicolo De' Angalis parla le premier, mais il avait à peine lu deux lignes de sa défense, que Clément VIII l'interrompit :

— Donc, dans Rome, s'écria-t-il, on trouve des hommes qui tuent leur père, et ensuite des avocats pour défendre ces hommes !

Tous restaient muets, lorsque Farinacci osa élever la voix.

— Très-saint-père, dit-il, nous ne sommes pas ici pour défendre le crime, mais pour prouver, si nous le pouvons, qu'un ou plusieurs de ces malheureux sont innocents du crime.

Le pape lui fit signe de parler, et il parla trois grandes heures, après quoi le pape prit leurs écritures à tous et les renvoya. Comme ils s'en allaient, l'Altieri marchait le dernier ; il eut peur de s'être compromis, et alla se mettre à genoux devant le pape, disant :

— Je ne pouvais pas faire moins que de paraître dans cette cause, étant avocat des pauvres.

À quoi le pape répondit :

— Nous ne nous étonnons pas de vous, mais des autres.

Le pape ne voulut point se mettre au lit, mais passa toute la nuit à lire les plaidoyers des avocats, se faisant aider en ce travail par le cardinal de Saint-Marcel ; Sa Sainteté parut tellement touchée, que plusieurs conçurent quelque espoir pour la vie de ces malheureux. Afin de sauver les fils, les avocats rejetaient tout le crime sur Béatrix. Comme il était prouvé dans le procès que plusieurs fois son père avait employé la force dans un dessein criminel, les avocats espéraient que le meurtre lui serait pardonné, à elle, comme se trouvant dans le cas de légitime défense ; s'il en était ainsi, l'auteur principal du crime obtenant la vie, comment ses frères, qui avaient été séduits par elle, pouvaient-ils être punis de mort ?

Après cette nuit donnée à ses devoirs de juge, Clément VIII ordonna que les accusés fussent reconduits en prison, et *mis au secret*. Cette circonstance donna de grandes espérances à Rome, qui dans toute cette cause ne voyait que Béatrix. Il était avéré qu'elle avait aimé monsignor Guerra, mais n'avait jamais transgressé les règles de la vertu la plus sévère : on ne pouvait donc, en véritable justice, lui imputer les crimes d'un monstre, et on la punirait parce qu'elle avait usé du droit de se défendre ! qu'eût-on fait si elle eût consenti ? Fallait-il que la justice humaine vînt augmenter l'infortune d'une créature si aimable, si digne de pitié et déjà si malheureuse ? Après une vie si triste qui avait accumulé sur elle tous les genres de malheurs avant qu'elle eût seize ans, n'avait-elle pas droit enfin à quelques jours moins affreux ? Chacun dans Rome semblait chargé de sa défense. N'eût-elle pas été pardonnée si, la première fois que François Cenci tenta le crime, elle l'eût poignardé ?

Le pape Clément VIII était doux et miséricordieux. Nous commencions à espérer qu'un peu honteux de la boutade qui lui avait fait interrompre le plaidoyer des avocats, il pardonnerait à qui avait repoussé la force par la force, non pas, à la vérité, au moment du premier crime, mais lorsqu'on tentait de le commettre de nouveau. Rome tout entière était dans l'anxiété, lorsque le pape reçut la nouvelle de la mort violente de la marquise Constance Santa Croce. Son fils Paul Santa Croce venait de tuer à coups de poignard cette dame, âgée de soixante ans, parce qu'elle ne voulait pas s'engager à le laisser héritier de tous ses biens. Le rapport ajoutait que Santa Croce avait pris la fuite, et que l'on pouvait conserver l'espoir de l'arrêter. Le pape se rappela le fratricide des Massini, commis peu de temps auparavant. Désolée de la fréquence de ces assassinats commis sur de proches parents, Sa Sainteté ne crut pas qu'il lui fût permis de pardonner. En recevant ce fatal rapport sur Santa Croce, le pape se trouvait au palais de Monte Cavallo, où il était le 6 septembre, pour être plus voisin, la matinée suivante, de l'église de Sainte-

Marie-des-Anges, où il devait consacrer comme évêque un cardinal allemand.

Le vendredi à vingt-deux heures (quatre heures du soir), il fit appeler Ferrante Taverna, gouverneur de Rome, et lui dit ces propres paroles :

— *Nous vous remettons l'affaire des Cenci, afin que justice soit faite par vos soins et sans nul délai.*

Le gouverneur revint à son palais fort touché de l'ordre qu'il venait de recevoir ; il expédia aussitôt la sentence de mort, et rassembla une congrégation pour délibérer sur le mode d'exécution.

Samedi matin, 11 septembre 1599, les premiers seigneurs de Rome, membres de la confrérie des *confortatori*, se rendirent aux deux prisons, à *Corte Savella*, où étaient Béatrix et sa belle-mère, et à *Tordinona*, où se trouvaient Jacques et Bernard Cenci. Pendant toute la nuit du vendredi au samedi, les seigneurs romains qui avaient su ce qui se passait ne firent autre chose que courir du palais de Monte Cavallo à ceux des principaux cardinaux, afin d'obtenir au moins que les femmes fussent mises à mort dans l'intérieur de la prison, et non sur un infâme échafaud ; et que l'on fît grâce au jeune Bernard Cenci, qui, à peine âgé de quinze ans, n'avait pu être admis à aucune confidence. Le noble cardinal Sforza s'est surtout distingué par son zèle dans le cours de cette nuit fatale, mais quoique prince si puissant, il n'a pu rien obtenir. Le crime de Santa Croce était un crime vil, commis pour avoir de l'argent, et le crime de Béatrix fut commis pour sauver l'honneur.

Pendant que les cardinaux les plus puissants faisaient tant de pas inutiles, Farinacci, notre grand jurisconsulte, a bien eu l'audace de pénétrer jusqu'au pape ; arrivé devant Sa Sainteté, cet homme étonnant a eu l'adresse d'intéresser sa conscience, et enfin il a arraché à force d'importunités la vie de Bernard Cenci.

Lorsque le pape prononça ce grand mot, il pouvait être quatre heures du matin (du samedi 11 septembre). Toute la nuit on avait travaillé sur la place du pont Saint-Ange aux préparatifs de cette cruelle tragédie. Cependant toutes les copies nécessaires de la sentence de mort ne purent être terminées qu'à cinq heures du matin, de façon que ce ne fut qu'à six heures du matin que l'on put aller annoncer la fatale nouvelle à ces pauvres malheureux, qui dormaient tranquillement.

La jeune fille, dans les premiers moments, ne pouvait même trouver des forces pour s'habiller. Elle jetait des cris perçants et continuels, et se livrait sans retenue au plus affreux désespoir.

— Comment est-ce possible, ah ! Dieu ! s'écriait-elle, qu'ainsi à l'improviste je doive mourir ?

Lucrèce Petroni, au contraire, ne dit rien que de fort convenable ; d'abord elle pria à genoux, puis exhorta tranquillement sa fille à venir avec elle à la chapelle, où elles devaient toutes deux se préparer à ce grand passage de la vie à la mort.

Ce mot rendit toute sa tranquillité à Béatrix ; autant elle avait montré d'extravagance et d'emportement d'abord, autant elle fut sage et raisonnable dès que sa belle-mère eut rappelé cette grande âme à elle-même. Dès ce moment elle a été un miroir de constance que Rome entière a admiré.

Elle a demandé un notaire pour faire son testament, ce qui lui a été accordé. Elle a prescrit que son corps fût à Saint-Pierre *in Montorio* ; elle a laissé trois cent mille francs aux Stimâte (religieuses des Stigmates de saint François) ; cette somme doit servir à doter cinquante pauvres filles. Cet exemple a ému la signora Lucrèce, qui, elle aussi, a fait son testament et ordonné que son corps fût porté à Saint-Georges ; elle a laissé cinq cent mille francs d'aumônes à cette église et fait d'autres legs pieux.

À huit heures elles se confessèrent, entendirent la messe, et reçurent la sainte communion. Mais, avant d'aller à la messe, la signora Béatrix considéra qu'il n'était pas convenable de paraître sur l'échafaud, aux yeux de tout le peuple, avec les riches habillements qu'elles portaient. Elle ordonna deux robes, l'une pour elle, l'autre pour sa mère. Ces robes furent faites comme celles des religieuses, sans ornements à la poitrine et aux épaules, et seulement plissées avec des manches larges. La robe de la belle-mère fut de toile de coton noir ; celle de la jeune fille de taffetas bleu avec une grosse corde qui ceignait la ceinture.

Lorsqu'on apporta les robes, la signora Béatrix, qui était à genoux, se leva et dit à la signora Lucrèce :

— Madame ma mère, l'heure de notre passion approche ; il sera bien que nous nous préparions, que nous prenions ces autres habits, et que nous nous rendions pour la dernière fois le service réciproque de nous habiller.

On avait dressé sur la place du pont Saint-Ange un grand

échafaud avec un cep et une *mannaja* (sorte de guillotine). Sur les treize heures (à huit heures du matin), la compagnie de la Miséricorde apporta son grand crucifix à la porte de la prison. Giacomo Cenci sortit le premier de la prison ; il se mit à genoux dévotement sur le seuil de la porte, fit sa prière et baisa les saintes plaies du crucifix. Il était suivi de Bernard Cenci, son jeune frère, qui, lui aussi, avait les mains liées et une petite planche devant les yeux. La foule était énorme, et il y eut du tumulte à cause d'un vase qui tomba d'une fenêtre presque sur la tête d'un des pénitents qui tenait une torche allumée à côté de la bannière.

Tous regardaient les deux frères, lorsqu'à l'improviste s'avança le fiscal de Rome, qui dit :

— Signor Bernardo, Notre-Seigneur vous fait grâce de la vie ; soumettez-vous à accompagner vos parents et priez Dieu pour eux.

À l'instant ses deux *confortatori* lui ôtèrent la petite planche qui était devant ses yeux. Le bourreau arrangeait sur la charrette Giacomo Cenci et lui avait ôté son habit afin de pouvoir le *tenailler*. Quand le bourreau vint à Bernard, il vérifia la signature de la grâce, le délia, lui ôta les menottes, et, comme il était sans habit, devant être tenaillé, le bourreau le mit sur la charrette et l'enveloppa du riche manteau de drap galonné d'or. (On a dit que c'était le même qui fut donné par Béatrix à Marzio après l'action dans la forteresse de Petrella.) La foule immense qui était dans la rue, aux fenêtres et sur les toits, s'émut tout à coup ; on entendait un bruit sourd et profond, on commençait à se dire que cet enfant avait sa grâce.

Les chants des psaumes commencèrent et la procession s'achemina lentement par la place Navonne vers la prison Savella. Arrivée à la porte de la prison, la bannière s'arrêta, les deux femmes sortirent, firent leur adoration au pied du saint crucifix et ensuite s'acheminèrent à pied l'une à la suite de l'autre. Elles étaient vêtues ainsi qu'il a été dit, la tête couverte d'un grand voile de taffetas qui arrivait presque jusqu'à la ceinture.

La signora Lucrèce, en sa qualité de veuve, portait un voile noir et des mules de velours noir sans talons selon l'usage.

Le voile de la jeune fille était de taffetas bleu, comme sa robe ; elle avait de plus un grand voile de drap d'argent sur les épaules, une jupe de drap violet, et des mules de velours blanc, lacées avec élégance et retenues par des cordons cramoisis. Elle avait une grâce singulière en marchant dans ce costume, et les larmes venaient dans tous les yeux à mesure qu'on l'apercevait s'avançant lentement dans les derniers rangs de la procession.

Les femmes avaient toutes les deux les mains libres, mais les bras liés au corps, de façon que chacune d'elles pouvait porter un crucifix ; elles le tenaient fort près des yeux. Les manches de leurs robes étaient fort larges, de façon qu'on voyait leurs bras, qui étaient couverts d'une chemise serrée aux poignets, comme c'est l'usage en ce pays.

La signora Lucrèce, qui avait le cœur moins ferme, pleurait presque continuellement ; la jeune Béatrix, au contraire, montrait un grand courage ; et tournant les yeux vers chacune des églises devant lesquelles la procession passait, se mettait à genoux pour un instant et disait d'une voix ferme : *Adoramus te, Christe !*

Pendant ce temps, le pauvre Giacomo Cenci était tenaillé sur sa charrette et montrait beaucoup de constance.

La procession put à peine traverser le bas de la place du pont Saint-Ange, tant était grand le nombre des carrosses et la foule du peuple. On conduisit sur-le-champ les femmes dans la chapelle qui avait été préparée, on y amena ensuite Giacomo Cenci.

Le jeune Bernard, recouvert de son manteau galonné, fut conduit directement sur l'échafaud ; alors tous crurent qu'on allait le faire mourir et qu'il n'avait pas sa grâce. Ce pauvre enfant eut une telle peur, qu'il tomba évanoui au second pas qu'il fit sur l'échafaud. On le fit revenir avec de l'eau fraîche et on le plaça vis-à-vis la mannaja.

Le bourreau alla chercher la signora Lucrèce Petroni ; ses mains étaient liées derrière le dos, elle n'avait plus de voile sur les épaules. Elle parut sur la place accompagnée par la bannière, la tête enveloppée dans le voile de taffetas noir ; là elle fit sa réconciliation avec Dieu et elle baisa les saintes plaies. On lui dit de laisser ses mules sur le pavé ; comme elle était fort grosse, elle eut quelque peine à monter. Quand elle fut sur l'échafaud et qu'on lui ôta le voile de taffetas noir, elle souffrit beaucoup d'être vue avec les épaules et la poitrine découvertes ; elle se regarda, puis regarda la mannaja, et, en signe de résignation, leva lentement les épaules ; les larmes lui vinrent aux yeux, elle dit : *Ô mon Dieu !... Et vous, mes frères, priez pour mon âme.*

Ne sachant ce qu'elle avait à faire, elle demanda à Alexandre, premier bourreau, comment elle devrait se comporter. Il lui dit de se placer à cheval sur la planche du cep. Mais ce mouvement lui parut offensant pour la pudeur, et elle mit beaucoup de temps à le faire. (Les détails qui suivent sont tolérables pour le public italien, qui tient à savoir toutes choses avec la dernière exactitude ; qu'il suffise au lecteur français de savoir que la pudeur de cette pauvre femme fit qu'elle se blessa à la poitrine ; le bourreau montra la tête au peuple et ensuite l'enveloppa dans le voile de taffetas noir.)

Pendant qu'on mettait en ordre la mannaja pour la jeune fille, un échafaud chargé de curieux tomba, et beaucoup de gens furent tués. Ils parurent ainsi devant Dieu avant Béatrix.

Quand Béatrix vit la bannière revenir vers la chapelle pour la prendre, elle dit avec vivacité :

— Madame ma mère est-elle bien morte ?

On lui répondit que oui ; elle se jeta à genoux devant le crucifix et pria avec ferveur pour son âme. Ensuite elle parla haut et pendant longtemps au crucifix.

— Seigneur, tu es retourné pour moi, et moi je te suivrai de bonne volonté, ne désespérant pas de ta miséricorde pour mon énorme péché, etc.

Elle récita ensuite plusieurs psaumes et oraisons toujours à la louange de Dieu. Quand enfin le bourreau parut devant elle avec une corde, elle dit :

— Lie ce corps qui doit être châtié, délie cette âme qui doit arriver à l'immortalité et à une gloire éternelle.

Alors elle se leva, fit la prière, laissa ses mules au bas de l'escalier, et, montée sur l'échafaud, elle passa lestement la jambe sur la planche, posa le cou sous la mannaja, et s'arrangea parfaitement bien elle-même pour éviter d'être touchée par le bourreau. Par la rapidité de ses mouvements, elle évita qu'au moment où son voile de taffetas lui fut ôté le public aperçût ses épaules et sa poitrine. Le coup fut longtemps à être donné, parce qu'il survint un embarras. Pendant ce temps, elle invoquait à haute voix le nom de Jésus-Christ et de la très-sainte Vierge. Le corps fit un grand mouvement au moment fatal. Le pauvre Bernard Cenci, qui était toujours resté assis sur l'échafaud, tomba de nouveau évanoui, et il fallut plus d'une grosse demi-heure à ses *confortatori* pour le ranimer. Alors parut sur l'échafaud Jacques Cenci; mais il faut encore passer sur des détails trop atroces. Jacques Cenci fut assommé (*mazzolato*).

Sur-le-champ, on reconduisit Bernard en prison, il avait une forte fièvre, on le saigna.

Quant aux pauvres femmes, chacune fut accommodée dans sa bière, et déposée à quelques pas de l'échafaud, auprès de la statue de saint Paul, qui est la première à droite sur le pont Saint-Ange. Elles restèrent là jusqu'à quatre heures et un quart après midi. Autour de chaque bière brûlaient quatre cierges de cire blanche.

Ensuite, avec ce qui restait de Jacques Cenci, elles furent portées au palais du consul de Florence. À neuf heures et un quart du soir, le corps de la jeune fille, recouvert de ses habits et couronné de fleurs avec profusion, fut porté à Saint-Pierre *in Montorio*. Elle était d'une ravissante beauté; on eût dit qu'elle dormait. Elle fut enterrée devant le grand autel et la *Transfiguration* de Raphaël d'Urbin. Elle était accompagnée de cinquante gros cierges allumés et de tous les religieux franciscains de Rome.

Lucrèce Petroni fut portée, à dix heures du soir, à l'église de Saint-Georges. Pendant cette tragédie, la foule fut innombrable; aussi loin que le regard pouvait s'étendre, on voyait les rues remplies de carrosses et de peuple, les échafaudages, les fenêtres et les toits remplis de curieux. Le soleil était d'une telle ardeur ce jour-là que beaucoup de gens perdirent connaissance. Un nombre infini prit la fièvre; et lorsque tout fut terminé, à dix-neuf heures (deux heures moins un quart), et que la foule se dispersa, beaucoup de personnes furent étouffées, d'autres écrasées par les chevaux. Le nombre de morts fut très considérable.

La signora Lucrèce Petroni était plutôt petite que grande, et, quoique âgée de cinquante ans, elle était encore fort bien. Elle avait de fort beaux traits, le nez petit, les yeux noirs, le visage très blanc avec de belles couleurs; elle avait peu de cheveux et ils étaient châtains.

Béatrix Cenci, qui inspirera des regrets éternels, avait justement seize ans; elle était petite; elle avait un joli embonpoint et des fossettes au milieu des joues, de façon que, morte et couronnée de fleurs, on eût dit qu'elle dormait et même qu'elle riait, comme il lui arrivait fort souvent quand elle était en vie.

Elle avait la bouche petite, les cheveux blonds et naturellement bouclés. En allant à la mort ces cheveux blonds et bouclés lui retombaient sur les yeux, ce qui donnait une certaine grâce et portait à la compassion.

Giacomo Cenci était de petite taille, gros, le visage blanc et la barbe noire ; il avait vingt-six ans à peu près quand il mourut.

Bernard Cenci ressemblait tout à fait à sa sœur, et comme il portait les cheveux longs comme elle, beaucoup de gens, lorsqu'il parut sur l'échafaud, le prirent pour elle.

Le soleil avait été si ardent, que plusieurs des spectateurs de cette tragédie moururent dans la nuit, et parmi eux Ubaldino Ubaldini, jeune homme d'une rare beauté et qui jouissait auparavant d'une parfaite santé. Il était frère du signor Renzi, si connu dans Rome. Ainsi les ombres des Cenci s'en allèrent bien accompagnées.

Hier, qui fut mardi 14 septembre 1599, les pénitents de San Marcello, à l'occasion de la fête de Sainte-Croix, usèrent de leur privilège pour délivrer de la prison le signor Bernard Cenci, qui s'est obligé de payer dans un an quatre cent mille francs à la très sainte trinité du *pont Sixte*.

(Ajouté d'une autre main)

C'est de lui que descendent François et Bernard Cenci qui vivent aujourd'hui.

Le célèbre Farinacci, qui, par son obstination, sauva la vie du jeune Cenci, a publié ses plaidoyers. Il donne seulement un extrait du plaidoyer numéro 66, qu'il prononça devant Clément VIII en faveur des Cenci. Ce plaidoyer, en langue latine, formerait six grandes pages, et je ne puis le placer ici, ce dont j'ai le regret, il peint les façons de penser de 1599; il me semble fort raisonnable. Bien des années après l'an 1599, Farinacci, en envoyant ses plaidoyers à l'impression, ajouta une note à celui qu'il avait prononcé en faveur des Cenci: *Omnes fuerunt ultimo supplicio effecti, excepto Bernardo qui ad triremes cum bonorum confiscatione condemnatus fuit, ac etiam ad interessendum aliorum morti prout interfuit.* La fin de cette note latine est touchante, mais je suppose que le lecteur est las d'une si longue histoire.

Un parricide

Maupassant

L'avocat avait plaidé la folie. Comment expliquer autrement ce crime étrange ? On avait retrouvé un matin, dans les roseaux, près de Chatou, deux cadavres enlacés, la femme et l'homme, deux mondains connus, riches, plus tout jeunes, et mariés seulement de l'année précédente, la femme n'étant veuve que depuis trois ans.

On ne leur connaissait point d'ennemis, ils n'avaient pas été volés. Il semblait qu'on les eût jetés de la berge dans la rivière, après les avoir frappés, l'un après l'autre, avec une longue pointe de fer.

L'enquête ne faisait rien découvrir. Les mariniers interrogés ne savaient rien ; on allait abandonner l'affaire, quand un jeune menuisier d'un village voisin, nommé Georges Louis, dit Le Bourgeois, vint se constituer prisonnier.

À toutes les interrogations, il ne répondit que ceci :

— Je connaissais l'homme depuis deux ans, la femme depuis six mois. Ils venaient souvent me faire réparer des meubles anciens, parce que je suis habile dans le métier.

Et quand on lui demandait :

— Pourquoi les avez-vous tués ?

Il répondait obstinément :

— Je les ai tués parce que j'ai voulu les tuer.

On n'en put tirer autre chose.

Cet homme était un enfant naturel sans doute, mis autrefois en nourrice dans le pays, puis abandonné. Il n'avait pas d'autre nom que Georges Louis, mais comme, en grandissant, il devint singulièrement intelligent, avec des goûts et des délicatesses natives que n'avaient point ces camarades, on le surnomma : « le bourgeois » ; et on ne l'appelait plus autrement. Il passait pour remarquablement adroit dans le métier de menuisier qu'il avait adopté. Il faisait même un peu de sculpture sur bois. On le disait aussi fort exalté, partisan des doctrines communistes et même nihilistes, grand liseur de romans d'aventures, de romans à drames sanglants, électeur influent et orateur habile dans les réunions publiques d'ouvriers ou de paysans.

L'avocat avait plaidé la folie. Comment pouvait-on admettre, en effet, que cet ouvrier eût tué ses meilleurs clients, des clients riches et généreux (il le reconnaissait), qui lui avaient fait faire depuis deux ans pour trois mille francs de travail (ses livres en faisaient foi). Une seule explication se présentait : la folie, l'idée fixe du déclassé qui se venge sur deux bourgeois de tous les bourgeois et l'avocat fit une allusion habile à ce surnom de LE BOURGEOIS, donné par le pays à cet abandonné ; il s'écriait :

— N'est-ce pas une ironie, et une ironie capable d'exalter encore ce malheureux garçon qui n'a ni père ni mère ? C'est un ardent républicain. Que dis-je ? il appartient même à ce parti politique que la République fusillait et déportait naguère, qu'elle accueille aujourd'hui à bras ouverts, à ce parti pour qui l'incendie est un principe et le meurtre un moyen tout simple.

« Ces tristes doctrines, acclamées maintenant dans les réunions publiques, ont perdu cet homme. Il a entendu des républicains, des femmes même, oui, des femmes !, demander le sang de M. Gambetta, le sang de M. Grévy ; son esprit malade a chaviré ; il a voulu du sang, du sang de bourgeois ! Ce n'est pas lui qu'il faut condamner, messieurs, c'est la Commune !

Des murmures d'approbation coururent. On sentait bien que la cause était gagnée pour l'avocat. Le ministère public ne répliqua pas.

Alors le président posa au prévenu la question d'usage :

— Accusé, n'avez-vous rien à ajouter pour votre défense ?

L'homme se leva :

Il était de petite taille, d'un blond de lin, avec des yeux gris, fixes et clairs. Une voix forte, franche et sonore sortait de ce frêle garçon et changeait brusquement, aux premiers mots, l'opinion qu'on s'était faite de lui.

Il parla hautement, d'un ton déclamatoire, mais si net que ses moindres paroles se faisaient entendre jusqu'au fond de la grande salle :

— Mon président, comme je ne veux pas aller dans une

maison de fous, et que je préfère même la guillotine, je vais tout vous dire.

« J'ai tué cet homme et cette femme parce qu'ils étaient mes parents.

« Maintenant, écoutez-moi et jugez-moi.

« Une femme, ayant accouché d'un fils, l'envoya quelque part en nourrice. Sut-elle seulement en quel pays son complice porta le petit être innocent, mais condamné à la misère éternelle, à la honte d'une naissance illégitime, plus que cela : à la mort, puisqu'on l'abandonna, puisque la nourrice, ne recevant plus la pension mensuelle, pouvait, comme elles font souvent, le laisser dépérir, souffrir de faim, mourir de délaissement. La femme qui m'allaita fut honnête, plus honnête, plus femme, plus grande, plus mère que ma mère. Elle m'éleva. Elle eut tort en faisant son devoir. Il vaut mieux laisser périr ces misérables jetés aux villages des banlieues, comme on jette une ordure aux bornes.

« Je grandis avec l'impression vague que je portais un déshonneur. Les autres enfants m'appelèrent un jour "bâtard". Ils ne savaient pas ce que signifiait ce mot, entendu par l'un d'eux chez ses parents. Je l'ignorais aussi, mais je le sentis.

« J'étais, je puis le dire, un des plus intelligents de l'école. J'aurais été un honnête homme, mon président, peut-être un homme supérieur, si mes parents n'avaient pas commis le crime de m'abandonner.

« Ce crime, c'est contre moi qu'ils l'ont commis. Je fus la victime, eux furent les coupables. J'étais sans défense, ils furent sans pitié.

« Ils devaient m'aimer : ils m'ont rejeté.

« Moi, je leur devais la vie – mais la vie est-elle un présent ? La mienne, en tout cas, n'était qu'un malheur. Après leur honteux abandon, je ne leur devais plus que la vengeance. Ils ont accompli contre moi l'acte le plus inhumain, le plus infâme, le plus monstrueux qu'on puisse accomplir contre un être.

« Un homme injurié frappe ; un homme volé reprend son bien par la force. Un homme trompé, joué, martyrisé, tue ; un homme souffleté tue ; un homme déshonoré tue. J'ai été plus volé, trompé, martyrisé, souffleté moralement, déshonoré, que tous ceux dont vous absolvez la colère. Je me suis vengé, j'ai tué.

C'était mon droit légitime. J'ai pris leur vie heureuse en échange de la vie horrible qu'ils m'avaient imposée.

« Vous allez parler de parricide ! Étaient-ils mes parents, ces gens pour qui je fus un fardeau abominable, une terreur, une tache d'infamie ; pour qui ma naissance fut une calamité et ma vie une menace de honte ? Ils cherchaient un plaisir égoïste ; ils ont eu un enfant imprévu. Ils ont supprimé l'enfant. Mon tour est venu d'en faire autant pour eux.

« Et pourtant, dernièrement encore, j'étais prêt à les aimer.

« Voici deux ans, je vous l'ai dit, que l'homme, mon père, entra chez moi pour la première fois. Je ne soupçonnais rien. Il me commanda deux meubles. Il avait pris, je le sus plus tard, des renseignements auprès du curé, sous le sceau du secret, bien entendu.

« Il revint souvent ; il me faisait travailler et payait bien. Parfois même il causait un peu de choses et d'autres. Je me sentais de l'affection pour lui.

« Au commencement de cette année il amena sa femme, ma mère. Quand elle entra, elle tremblait si fort que je la crus atteinte d'une maladie nerveuse. Puis elle demanda un siège et un verre d'eau. Elle ne dit rien ; elle regarda mes meubles d'un air fou, et elle ne répondait que oui et non, à tort et à travers, à toutes les questions qu'il lui posait ! Quand elle fut partie, je la crus un peu toquée.

« Elle revint le mois suivant. Elle était calme, maîtresse d'elle. Ils restèrent, ce jour-là, assez longtemps à bavarder, et ils me firent une grosse commande. Je la revis encore trois fois, sans rien deviner ; mais un jour voilà qu'elle se mit à me parler de ma vie, de mon enfance, de mes parents. Je répondis : " Mes parents, madame, étaient des misérables qui m'ont abandonné. " Alors elle porta la main sur son cœur, et tomba sans connaissance. Je pensai tout de suite : " C'est ma mère ! " mais je me gardai bien de laisser rien voir. Je voulais la regarder venir.

« Par exemple, je pris de mon côté mes renseignements. J'appris qu'ils n'étaient mariés que du mois de juillet précédent, ma mère n'étant devenue veuve que depuis trois ans. On avait bien chuchoté qu'ils s'étaient aimés du vivant du premier mari, mais on n'en avait aucune preuve. C'était moi la preuve, la preuve qu'on avait cachée d'abord, espéré détruire ensuite.

«J'attendis. Elle reparut un soir, toujours accompagnée de mon père. Ce jour-là, elle semblait fort émue, je ne sais pourquoi. Puis, au moment de s'en aller, elle me dit : "Je vous veux du bien, parce que vous m'avez l'air d'un honnête garçon et d'un travailleur ; vous penserez sans doute à vous marier quelque jour ; je viens vous aider à choisir librement la femme qui vous conviendra. Moi, j'ai été mariée contre mon cœur une fois, et je sais comme on en souffre. Maintenant, je suis riche, sans enfants, libre, maîtresse de ma fortune. Voici votre dot."

«Elle me tendit une grande enveloppe cachetée.

«Je la regardai fixement, puis je lui dis : "Vous êtes ma mère ?" Elle recula de trois pas et se cacha les yeux de la main pour ne plus me voir. Lui, l'homme, mon père, la soutint dans ses bras et il me cria : "Mais vous êtes fou !"

«Je répondis : "Pas du tout. Je sais bien que vous êtes mes parents. On ne me trompe pas ainsi. Avouez-le et je vous garderai le secret ; je ne vous en voudrai pas ; je resterai ce que je suis, un menuisier."

«Il reculait vers la sortie en soutenant toujours sa femme qui commençait à sangloter. Je courus fermer la porte, je mis la clef dans ma poche, et je repris : "Regardez-la donc et niez encore qu'elle soit ma mère."

«Alors il s'emporta, devenu très pâle, épouvanté par la pensée que le scandale évité jusqu'ici pouvait éclater soudain ; que leur situation, leur renom, leur honneur seraient perdus d'un seul coup ; il balbutiait : "Vous êtes une canaille qui voulez nous tirer de l'argent. Faites donc du bien au peuple, à ces manants-là, aidez-les, secourez-les !"

«Ma mère, éperdue, répétait coup sur coup : "Allons-nous-en, allons-nous-en."

«Alors, comme la porte était fermée, il cria : "Si vous ne m'ouvrez pas tout de suite, je vous fais flanquer en prison pour chantage et violence !"

«J'étais resté maître de moi ; j'ouvris la porte et je les vis s'enfoncer dans l'ombre.

«Alors il me sembla tout à coup que je venais d'être fait orphelin, d'être abandonné, poussé au ruisseau. Une tristesse épouvantable, mêlée de colère, de haine, de dégoût, m'envahit ; j'avais comme un soulèvement de tout mon être, un soulèvement de la justice, de la droiture, de l'honneur, de l'affection rejetée. Je me mis à courir pour les rejoindre le long de la Seine qu'il leur fallait suivre pour gagner la gare de Chatou.

« Je les rattrapai bientôt. La nuit était venue toute noire. J'allais à pas de loup sur l'herbe, de sorte qu'ils ne m'entendirent pas. Ma mère pleurait toujours. Mon père disait : " C'est votre faute. Pourquoi avez-vous tenu à le voir ! C'était une folie dans notre position. On aurait pu lui faire du bien de loin, sans se montrer. Puisque nous ne pouvons le reconnaître, à quoi servaient ces visites dangereuses ? "

« Alors, je m'élançai devant eux, suppliant. Je balbutiai : " Vous voyez bien que vous êtes mes parents. Vous m'avez déjà rejeté une fois, me repousserez-vous encore ? "

« Alors, mon président, il leva la main sur moi, je vous le jure sur l'honneur, sur la loi, sur la République. Il me frappa, et comme je le saisissais au collet, il tira de sa poche un revolver.

« J'ai vu rouge, je ne sais plus, j'avais mon compas dans ma poche ; je l'ai frappé, frappé tant que j'ai pu.

« Alors elle s'est mise à crier : " Au secours ! à l'assassin ! " en m'arrachant la barbe. Il paraît que je l'ai tuée aussi. Est-ce que je sais, moi, ce que j'ai fait à ce moment-là ? Puis, quand je les ai vus tous les deux par terre, je les ai jetés à la Seine, sans réfléchir.

« Voilà. – Maintenant, jugez-moi.

L'accusé se rassit. Devant cette révélation, l'affaire a été reportée à la session suivante. Elle passera bientôt. Si nous étions jurés, que ferions-nous de ce parricide ?

Supplément pour étude

Les fiches élèves proposées ont été conçues par des professeurs afin de servir d'exercices dans le cadre d'une étude approfondie de cette œuvre.

Fiche élèves 1
Méthode pour un synopsis de *L'Élixir.*

1. Surligner les indicateurs spatio-temporels et autres mots de liaison qui structurent le texte.

....

....

....

....

....

2. Dégager le plan détaillé de l'œuvre, en hiérarchisant au moins trois niveaux d'idées :
Idées principales ; secondaires ; et tertiaires.

....

....

....

....

....

Fiche élèves 2
Dresser la fiche-personnage classique du héros : Don Juan Belvidéro.

La préciser en fonction des axes ci-dessous :

— Don Juan jeune et vieux.

....

....

— Bartholoméo Belvidéro, Don Juan Belvidéro et Philippe Belvidéro : symétries et contrastes.

....

....

— Don Juan Belvidéro le manipulateur.

....

....

— La fusion des types de Don Juan et Faust en un seul héros.

....

....

— Un comble donjuanesque : Don Juan Belvidéro impuissant et sans doute cocu sur ses vieux jours.

....

....

— Don Juan Belvidéro : un personnage-oxymore « le saint fait le diable ».

....

....

Fiche élèves 3
Quelles sont les modalités du parricide dans *L'Élixir* ?

1. Le parricide absolument injustifié d'un bon père, commis par « effroyable égoïsme ».

La mort du père en intention :
1) Double aveu du désir de mort du père (le prince, Don Juan Belvidéro).
2) Soupçon de Bartholoméo Belvidéro : « Tu ne saurais désirer ma mort ? »
3) Déni hypocrite du souhait de la mort du père.
4) Vœu d'immortalité de Don Juan pour Bartholoméo Belvidéro (mais dans l'*autre monde*).
5) Embryons de sentiments filiaux vite combattus par Don Juan.

Le parricide effectif :
1) Bartholoméo Belvidéro, bien que déjà moribond, meurt de l'émoi causé par le refus de son fils de le ressusciter : « Il y en a bien peu. »
2) Insensibilité de Don Juan devant son père mort : « Tiens ! le bonhomme est fini. »
3) Synecdoque : tuer l'œil pour le corps entier : « Ce sera peut-être un parricide ? — Oui. »

2. « Parricides » inédits et non avérés :

Un triple empêchement de ressusciter est-il un parricide ?
1) Juste après le décès de Bartholoméo Belvidéro, croyant voir ses yeux remuer, Don Juan les ferme.
2) Imbibé de l'eau magique, l'œil d'enfant supplie qu'on le ressuscite : Don Juan l'écrase lâchement.
3) Don Juan fait ériger une statue au « poids énorme » sur la tombe paternelle, afin d'être « parfaitement tranquille ».

Fiche élèves 4
Différences de nature du parricide dans les trois nouvelles

Les nouvelles de Maupassant et de Stendhal s'opposent fortement à celle de Balzac, en ce qu'elles présentent des parricides non seulement compréhensibles, mais encore «justifiés».

Un parricide	*Les Cenci*	*L'Élixir*
L'enfant abandonné commet un double parricide fortuit, dû à la violence de ses émotions et aux circonstances. Avide d'être reconnu par ses parents biologiques, plein de dépit et de colère devant leur rejet apeuré, il tente une dernière fois de leur faire admettre leur parentalité, dont il vient d'avoir confirmation à leur insu. Il agit en état de légitime défense en tuant son père (qui l'a attaqué et pointe un revolver sur lui), et par panique en tuant sa mère, bien plus que par vengeance.	François est un père si dénaturé (tyrannique, abandonneur, incestueux, ultraviolent, nourrissant une haine inextinguible contre ses sept enfants…) que le lecteur ne peut envisager son meurtre autrement que comme une nécessité impérative. Cas de «légitime défense» des enfants Cenci, coalisés contre leur père, le parricide – issue fatale et préméditée – est différé à quatre reprises : deux appels à la justice du pape et deux tentatives de meurtre échouent.	À l'inverse, Don Juan Belvidéro a le meilleur des pères : bon, aimant, tolérant, généreux. Juan commet-il un parricide à son endroit ? La chose est sujette à caution. Il ne le tue pas à proprement parler, mais l'empêche de ressusciter. Il l'assassine pourtant bel et bien, d'une autre façon : par son ingratitude, le décevant atrocement sur son lit de mort, puis menant une vie en tout point contraire à celle de son père.

Table

Achevé d'imprimer en Italie par Grafica Veneta
en août 2020
Dépôt légal juillet 2012
EAN 9782290054192
OTP L21ELLN000439A003
—
Ce texte est composé en ITC Akkurat et en Mondejournal
—
Conception des principes de mise en page :
mecano, Laurent Batard
—
Composition : PCA
—
ÉDITIONS J'AI LU
87, quai Panhard-et-Levassor, 75013 Paris
Diffusion France et étranger : Flammarion
—
Librio
1046